LES
DEUX INDIENS

ÉPISODE DE LA CONQUÊTE DE BORINQUEN

PAR

LOUIS RAYMOND

2/2

TOULOUSE

TYPOGRAPHIE DE BONNAL ET GIBRAC
RUE SAINT-ROME, 46.

—

1858.

LES DEUX INDIENS.

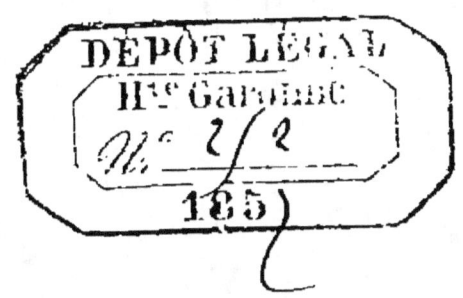

TYP. BONNAL ET GIBRAC, RUE ST-ROME, 46.

LES
DEUX INDIENS

ÉPISODE DE LA CONQUÊTE DE BORINQUEN

PAR

LOUIS RAYMOND.

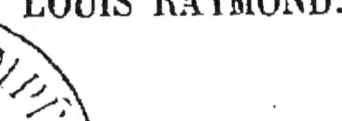

TOULOUSE

TYPOGRAPHIE DE BONNAL ET GIBRAC
RUE SAINT-ROME, 46.

1857.

LES DEUX INDIENS

ÉPISODE DE LA CONQUÊTE DE BORINQUEN (1).

———

Ils marchaient.

Et pourtant la nuit était sombre et l'orage grondait. Le ciel était noir, la pluie battait les feuilles et le vent faisait trembler les grands platanes centenaires. La forêt remplie d'une secrète horreur secouait sa chevelure inondée, les branches arrachées de leur tronc craquaient en tombant ou restaient suspendues à d'autres branches qui semblaient s'étendre vers elles pour les retenir. Les sangliers passaient effarés

———

(1) Borinquen est le nom que les Indiens donnaient à l'île de Porto-Rico, aujourd'hui colonie espagnole.

cherchant un abri ; les oiseaux de mer eux-
mêmes tombaient. Ces fils de la tempête avaient
fui avec le jour loin des éclats voisins, leur
asile, pour venir s'abattre sur les terres de
Borinquen. La nature gémissait, l'ouragan sur
la montagne et sous les bois l'ouragan !

Ils marchaient, ils marchaient droit devant
eux.

Tout à coup ils se trouvèrent dans une partie
de la forêt où les arbres avaient été abattus et
en partie consumés. La foudre avait passé par
là, et le vent avait balayé les cendres. Le feu
du ciel brilla ; il éclaira ces deux hommes.

Frère, est-ce ici ? dit l'un d'eux. Je ne recon-
nais plus les chemins ! — Otuké, il faut marcher encore. Du haut des nuages sombres, le
grand Cemi (1) nous a vus : il a versé la pluie
qui, en ruisselant, efface les traces sur la terre ;
il a fait siffler le vent qui emporte les feuilles.
Les hommes blancs ne pourront plus trouver
nos pieds marqués ni sur la poussière, ni sur

(1) Dieu de Borinquen.

les herbes desséchées. Avant que le soleil ait repris le sentier du ciel, l'orage sera calmé, et tu auras revu les ossements de nos pères.

La tempête gronde ; marchons ! reprit Otuké avec tristesse.

Et un second éclair vint les inonder de sa lumière. On eût pu voir alors un de ces deux hommes, celui qui paraissait le plus âgé, regarder le ciel d'un air de menace. Ses yeux étincelaient, sa narrine était gonflée, et sa bouche entr'ouverte semblait dire : Je l'ai délivré; la nature entière ne pourra plus l'arracher de mes bras ! — Cet homme avait un aspect héroïque. Aux premiers regards, son corps paraissait peut-être un peu décharné pour sa haute stature; mais il se balançait légèrement sur ses jambes fermes, et on s'apercevait bientôt qu'il avait été habitué à lutter contre la fatigue, et qu'il l'avait vaincue. Ses bras étaient secs et un peu longs, mais rudement taillés, musculeux ; malgré la marche qu'il venait de faire, sa poitrine s'élevait et s'abaissait à l'aise; son visage respirait la haine et la vengeance. Sur sa tête fièrement portée, était attachée une plume noire. Une ceinture de paille finement lissée couvrait le bas de son corps, en formant une sorte de caleçon très large. A son côté gauche brillait un poignard nu, dépouille de quelque ennemi. Tout son corps couleur de cuivre et frotté d'huile, disait qu'il venait de faire une entreprise hasardeuse. Il reluisait comme de l'acier poli.

Les Espagnols, maîtres de l'île, avaient souvent lutté contre cet Indien. Aucun de ceux qu'il avait surpris seuls dans les bois, n'était revenu au camp; d'autres l'avaient attaqué en nombre, pour s'en emparer. Il avait toujours glissé entre leurs mains, et ceux qui l'avaient touché en passant, l'avaient surnommé Rompe-hacha (1), tant sa forte structure leur avait paru résistante et vigoureuse.

(1) Mot à mot : *brise-hache*. Les Espagnols ont donné ce nom au bois que les Français ont appelé *bois de fer*.

En ce moment, son pas, quoique assuré, décelait l'habitude de prendre des précautions pour cacher ses traces. Sa main droite s'appuyait sur l'épaule de son frère, qu'il avait appelé Otuké. Lui, sa tribu le nommait jadis Toba. Il y avait longtemps que les deux Indiens avaient été séparés! Otuké marchait avec tristesse; on eût dit qu'il portait un regret dans le cœur, et que chaque pas l'éloignait du lieu où il aurait voulu vivre. Et pourtant Otuké venait d'être arraché des mains des ennemis qui, depuis longtemps, le retenaient prisonnier!

Les Espagnols, reçus d'abord en amis par les peuplades heureuses et hospitalières de Borinquen, n'avaient pas tardé à donner un libre essor à leur folie furieuse d'amasser de l'or; et, comme partout où ils abordèrent, ils ne virent plus dans les Indiens que des esclaves destinés à les enrichir. Ils eurent alors plus d'un assaut à soutenir contre le courage

et l'indignation trop légitime des indigènes ;
mais le plus souvent ils célébrèrent la victoire
qu'ils devaient à la supériorité de leurs armes,
à leur fanatisme et à leur cupidité effrénée,
autant qu'à l'ignorance de leurs ennemis. Ils
faisaient tous les jours de nouvelles conquêtes,
et à chaque pas ils jetaient une tribu enchaînée
au fond des mines qu'ils dépouillaient avidement et qui servaient de tombeau à ces
insulaires, amants de la liberté. C'est ainsi
qu'ils parvinrent à exterminer dans Borinquen
seulement, près de six cent mille Indiens.
Trois siècles et demi de civilisation n'ont pas su
rendre à cette île délicieuse la moitié de ses
habitants !

A l'époque où se passe la scène que nous
décrivons, vers le milieu du seizième siècle, il
restait encore quelques tribus qui s'étaient
réfugiées dans les montagnes, où elles défen-
daient courageusement leur indépendance, et
d'où elles ne tombaient comme des avalanches
sur les envahisseurs, que lorsqu'elles pouvaient

leur rendre barbarie pour barbarie. Tout prisonnier subissait la mort..

Les Espagnols, pour leur part, mettaient
d'accord leurs intérêts avec la foi et avec leur
cruauté, et condamnaient aux plus rudes travaux les Indiens qui tombaient entre leurs
mains. C'était une guerre de sauvages et de
barbares.

Toba, descendant des anciens caciques du
petit village de Guanahibo, avait, à la tête des
siens, abandonné les plaines, emportant avec
lui le grand Cemi, et jurant de venger sur les
chrétiens la mort de son père tué par eux.
Il voulait encore combattre jusqu'à son dernier
jour, pour délivrer ceux qui gémissaient sous
leur joug. Aussi le voyait-on tantôt, descendant des monts, prendre l'offensive, tantôt,
attaqué dans sa retraite, se défendre comme
un lion surpris dans son antre. Chaque fois il
comptait ses compagnons, et chaque fois il les
trouvait moins nombreux. Ils tombaient, ils
tombaient autour de lui. La hache des chrétiens

abattait les peupliers et les platanes des forêts, le rouvre (1) seul restait debout. Enfin, ne se trouvant plus qu'à la tête de quelques amis, il leur ordonna d'aller se joindre à une tribu plus puissante, et de combattre avec elle. Ils restèrent, lui et Otuké, dans leurs montagnes, seuls gardiens de leur Dieu et des tombeaux de leurs pères. Otuké avait compté alors dix-huit fois la saison des pluies.

Il était beau à voir, le jeune cacique! Sa figure rappelait celle de son frère; mais elle était empreinte d'une douceur de Vierge. Son corps, de moyenne stature, était admirablement modelé; ses cheveux tressés tombaient sur ses épaules; ses lèvres, un peu méprisantes, souriaient pourtant avec grâce, et des yeux brillants, mais pleins de tendresse, dévoilaient dans son âme une passion profonde. Cependant le frère de Toba n'avait jamais tremblé devant un ennemi, et quoiqu'il ne fût pas encore mis parmi les siens au rang des

(1) Espèce de chêne.

guerriers, il avait déjà combattu vaillamment.
Chaque jour Toba avait cherché à lui inspirer
la haine à mort qu'il avait jurée lui-même aux
étrangers ; lui, qui avait vu son père massacré
sous ses yeux, seul avec Otuké, il eût peut-être
fait de lui un ennemi redoutable aux Espagnols.

Otuké, qui, avant sa captivité, s'instruisait
ainsi près de son frère dans l'art de faire la
guerre, abandonnait un jour avec lui les hau-
teurs des montagnes, au moment où un soleil
ardent invitait au sommeil les habitants des
contrées tropicales. Les deux Indiens profi-
taient du repos que prenaient les ennemis pour
chasser dans les bois qui couvraient la plaine.
Pour la première fois, Otuké devait attaquer
un sanglier, sans autre arme que le poignard.
Les deux Indiens battaient inutilement la forêt
sur laquelle s'appuyait le village de Guanahibo,
en s'éloignant de plus en plus de leur retraite.
Ils cherchaient en vain ; le silence des bois
n'était troublé que par de timides coris (1) qui

(1) Espèce de lapins très petits.

fuyaient à leur approche, en faisant crier à terre les feuilles remuées sous leurs bonds légers, ou par des écureuils qui passaient devant eux et grimpaient aussitôt au haut des branches, au milieu desquelles ils disparaissaient en un instant.

— Retournons, dit Toba. Nous sommes près des hommes blancs, et nous ne portons pas d'armes pour les combattre.

Otuké ne portait, en effet, que son poignard, et Toba s'était armé de deux flèches, pour exciter, avait-il dit, le sanglier au combat, en le blessant; en réalité, pour secourir son frère dans le cas où il courrait un trop grand péril.

— Les chrétiens, ajouta-t-il, ont fait la chasse hier, et tous les sangliers sont cachés.

— Non, dit Otuké, qui paraissait depuis un instant attentif à un léger bruit; écoute.

Tous deux tendirent la tête en avant.

— C'est lui! dit Toba. Il se vautre au bord de l'eau.

— Et un autre marche près de lui, reprit

Otuké; entends le cri sec des feuilles écrasées sous ses pieds.

Les deux Indiens, cachés derrière un grand chêne d'Amérique, dirigèrent leurs yeux vers le point d'où venait un bruit presque imperceptible. On eût dit alors que leurs regards cherchaient à percer le feuillage qui les séparait de leur proie. Ils ne virent rien.

A peu près à vingt pas devant eux, se trouvait un magnolia encore jeune sur le bord d'un ruisseau, qui répandait la fraîcheur autour de lui. Il montrait quelques rares fleurs à travers des lianes et des caolis (1), qui enlaçaient le tronc, se répandaient sur ses branches, et arrivant à leurs extrémités, se laissaient retomber à terre en formant un délicieux abri contre la chaleur. Une des fleurs trembla.

— Ils sont là, dit Toba, en désignant à son frère le magnolia, à travers les arbres qui les en séparaient. En même temps, ils virent deux petits yeux apparaître entre les branches tom-

(1) Chèvrefeuille sauvage.

bantes des lianes, puis la tête avança en les
écartant, et le sanglier ouvrant une gueule
énorme, laissa voir dans toute leur longueur
ses terribles défenses.

— Il est beau, celui-là! dit Otuké. Et il
mit la main sur son poignard, ses yeux fixés
sur l'animal. Toba lui prit le bras et le retint
avec un geste où se peignait à la fois toute la
tendresse et tout l'orgueil d'un père, en voyant
son fils braver courageusement un grand
danger.

— Attends, dit-il, ils sont deux!

— Tu as une flèche pour l'autre, dit Otuké,
en regardant son frère avec étonnement,
comme pour lui demander s'il doutait de son
courage et de sa force. Il ne vit dans ses yeux
qu'une indicible expression d'amour fraternel.

— Toba, dit-il, aime Otuké comme le ben-
gali aime ses petits qui n'ont point d'ailes;
mais Otuké sait combattre avec le poignard;
il rapportera à Toba le sanglier mort.

— Le plus vieux sanglier est pour le plus

vieux guerrier, répartit Toba. Frère, le plus jeune repose là bas, sous les lianes ; celui-ci est à moi. Je viendrai l'attaquer. Aujourd'hui, je suivrai sa piste jusqu'à son repaire et je retournerai ici, pour voir Otuké frapper la bête fauve comme on doit frapper les hommes blancs.

En ce moment, le sanglier avait passé plus près des deux Indiens. Il les avait aperçus, et leur lançant obliquement un regard, il avait hérissé ses poils et accéléré sa marche. Toba, sans attendre une réponse, se mit à sa pour-suite en passant avec précaution derrière chaque arbre, pour ne pas l'inquiéter dans sa fuite. Le chasseur et la bête disparurent rapidement dans la forêt, pendant qu'Otuké, ses regards fixés sur le magnolia, semblait veiller au som-meil de son ennemi. Il se passa un moment. Rien ne remuait dans le bois. Tout à coup, des nuées de ramiers passèrent à travers les bran-ches, en fouettant les feuilles de leurs ailes, et vinrent s'abattre sur les bords du ruisseau.

Ils ne se posèrent qu'un instant, puis reprirent bruyamment leur vol en fendant le feuillage.

Le sanglier, troublé dans son repos, se leva, secoua les feuilles qui restaient attachées à ses flancs, et prit tranquillement la route qu'avait suivie son compagnon.

Otuké était immobile, assis derrière le chêne. Par une sorte de respect pour les paroles de son frère, il s'était décidé à l'attendre; mais quand il vit le sanglier se lever, son visage rayonna de joie. La bête lui parut plus redoutable à combattre que la première, et dès qu'elle se trouva assez près de lui, il se redressa tout à coup, fit un saut et lui barra fièrement le passage. Le sanglier s'arrêta, fixa un instant son ennemi et tourna lentement sur lui-même, comme s'il eût dédaigné de l'attaquer, ou comme s'il eût été trop fatigué pour combattre. Il revint sur ses pas, suivi d'Otuké qui, souriant comme un enfant, lui battait les flancs d'une branche sèche, sans pouvoir exciter sa colère; il repassa sous le magnolia et traversa le ruisseau en suivant un sentier opposé à celui où il avait été arrêté.

Au moment où il sortait de dessous le magnolia, les branches d'un buis sauvage qui croissait au bord d'un fossé voisin et derrière un fourré, se remuèrent, comme si quelqu'un se fût appuyé à leur tronc. Otuké, occupé de sa chasse, ne le vit pas. Il voulut profiter du lieu qui lui offrait un espace dégarni d'arbres, où il pouvait combattre à l'aise; il prit une pierre dans l'eau et la lança avec force sur son impassible adversaire.

La foudre n'est pas plus prompte : le sanglier, frappé à l'échine, se retourna d'un bond, se ramassa sur lui-même et fondit avec fureur sur son agresseur. Son élan, mal dirigé, sauva seul Otuké, pris à l'improviste. La bête, irritée, reprit l'attaque avec une nouvelle rage; elle revint, tête baissée, sur l'Indien; mais l'Indien s'était déjà préparé à la lutte. Brandissant son arme de la main droite, il fit un léger écart, laissa passer l'animal mugissant, bondit sur lui

et s'accroupit sur ses flancs. Il le serra entre
ses genoux vigoureux, et de la main gauche le
prenant à la tête avec une force invincible, il
dit : Tu es à moi! Au même instant son poignard traversait le cœur du sanglier, qui
secouait l'Indien avec furie. Otuké répétait en
plongeant son arme : « Tu es à moi! Otuké
» sait combattre avec le poignard; il rapportera
» à Toba le sanglier mort! »

L'Indien chantant sa victoire sentait, avec la
joie au cœur, le sanglier s'affaisser sous lui;
quand tout à coup la détonation d'une arme à
feu retentit dans le fourré voisin du lieu où se
passait le combat. Le sanglier tomba mort.
Otuké abandonnant son arme, roula à côté de
son ennemi terrassé. Il voulut se relever et se
jeter dans le bois; mais il glissa de nouveau à
terre et son corps resta le dos appuyé contre
un tronc abattu, comme s'il s'était assis doucement. Un cri sourd s'échappa alors malgré

lui de sa poitrine : O Toba ! Toba ! Et il retomba dans le silence.

— Bravo ! don Toribio, dit un Espagnol sortant du fourré et félicitant celui qui avait tiré ; le beau coup !

— Viva Cristo ! amigos (1), ajouta don Toribio, en s'adressant à dix ou douze aventuriers qui venaient sur ses pas, nous ne cherchions qu'un sanglier ; mais deux bêtes sauvages à la fois, c'était plus séduisant, et je leur ai envoyé une balle à partager.

— Ce maudit Indien, dit un vieux soldat, se tenait ferme ! Il ressemblait, Dieu me pardonne au démon (et il fit un signe de croix sur sa bouche) monté sur le compagnon du bienheureux saint Antoine, mon patron.

— Et j'ai terrassé le démon, reprit don Toribio, en se redressant.

— Au risque de chagriner le grand patron du vieil Antonio, s'écria un Andaloux déguenillé.

— Dites avec l'intention arrêtée de le faire,

(1) Vive le Christ ! amis.

caballero de Fuentes (1), continua le héros de cette scène, en sacrifiant à son amour-propre son respect pour les saints ; je vous ai dit que je ne leur envoyais que la moitié de la balle à chacun.

En ce moment, on entourait les deux victimes du victorieux don Toribio. Otuké, immobile depuis qu'il avait fait inutilement un effort pour échapper aux Espagnols, gardait cette impassibilité que savaient conserver les Indiens au milieu des plus effroyables souffrances. Il avait été blessé à la jambe droite, et il regardait son sang couler sans faire un seul mouvement pour l'arrêter. Les Espagnols l'avaient cru mort. Aussi, don Toribio fut-il un peu blessé dans son orgueil, lorsque ses compagnons virent qu'Otuké n'avait eu que la jambe traversée par la balle et que le sanglier, portant encore le poignard dans sa blessure, était tombé sous les coups de l'Indien.

— C'est un miracle de saint Antoine, dit

(1) Chevalier de Fuentes.

l'Andaloux en riant. Il a empêché la balle de se rompre en deux dans l'air, malgré l'intention arrêtée de don Toribio. Il n'a pas voulu que son fidèle compagnon fût blessé par un bon catholique.

Don Toribio ne répondit pas à la plaisanterie; mais relevant la tête :

— Je veux vous prouver, senor de Fuentes, dit-il, que je sais diriger une balle. Aidez-moi.

Il alla alors vers Otuké, et, après avoir bandé sa blessure avec un mouchoir, il le remit entre les mains de ses compagnons, en les chargeant de l'attacher debout à un arbre, pendant qu'il apprêtait son arme; puis, mettant un doigt entre les yeux de l'Indien :

— Voici, dit-il, où je veux le toucher.

Les Indiens échappés aux fers des Espagnols, rapportaient au milieu de leurs compagnons encore libres, le langage des conquérants. Otuké voyait avec calme tous les apprêts de sa mort. Il voulait mourir en guerrier, titre que lui donnait sa dernière et malheureuse victoire. Don Toribio se dirigea en comptant trente pas vers un endroit d'où il pouvait ajuster et tirer à l'aise. Les Espagnols formèrent deux rangs, un de chaque côté de l'Indien. Lui, il regardait froidement son bourreau le pointer au front. Il détourna un instant la vue pour admirer encore les bois ; puis, comme surpris de montrer qu'il avait un regret, il reporta son regard vers le canon menaçant de l'arme qui allait vomir le tonnerre. Don Toribio, jaloux de faire briller son adresse, visait avec soin et long-temps. Son arme resta un instant immobile ; le coup partit.

Aucun signe de crainte ne troubla sur le visage du jeune cacique son impassibilité stoïque. La balle frisa légèrement sa joue, siffla à son oreille et se cloua à l'arbre.

Don Toribio, sûr de lui-même, s'avança triomphant, sans même regarder sa victime.

— A refaire, don Toribio, cria le chevalier de Fuentes. — Et un éclat de rires général fut

la réponse de ses compagnons à son impertur-
bable assurance.

Un instant, don Toribio resta stupéfait;
mais, en vrai hidalgo, incapable de douter
longtemps de lui-même, il allait prendre sa
revanche et recommencer l'essai de son adresse,
lorsqu'une des sentinelles que, dans de pareilles
circonstances, les Espagnols mettaient autour
d'eux pour ne pas être surpris par les Indiens,
s'avança et faisant signe de détacher Otuké,
annonça le commandant de la place.

Celui à qui on donnait ce titre, don Pedro
Sanchez, était un homme de quarante-cinq ans.
Cœur généreux, il était passionné pour la
gloire, et il avait été la chercher en Amérique.
Il occupait en sortant d'Espagne un des premiers
rangs dans le corps d'expédition; mais arrivé
à Borinquen, il n'avait pas voulu comprendre
que la gloire consistait à assouvir son avidité
sans frein. Il avait donc essayé, plus d'une fois,

deprendre la défense des insulaires maltraités,
et pour ce crime, avait été envoyé depuis peu,
en disgrâce, commander les hommes établis au
village de Guanahibo. Il y alla sans murmurer.
Là, comme partout, il resta inébranlable dans
ses généreuses résolutions, et, s'il punissait
avec rigueur les Indiens qui, une fois soumis,
se révoltaient, ou, s'il faisait aux autres une
rude guerre, il ne voulait pas que ses compagnons les soumissent sans raison à des bar-
baries qui entraînaient souvent de terribles
représailles. Quoiqu'il considérât la caste
indienne comme évidemment inférieure à la
noble race des hidalgos, il savait apprécier en
elle ses qualités et la traitait au moins humai-
nement. Il était du petit nombre de ceux qui,
en quittant leur patrie, avaient pensé à s'établir
dans les colonies, et avec lui étaient partis
deux enfants qu'il idolâtrait.

Don Sanchez, en visitant avec deux de ses
officiers les alentours de son campement, était
arrivé à l'endroit où Otuké avait été surpris.

Il le trouva décharché de ses liens, et don
Toribio lui-même le lui présenta comme un
nouveau prisonnier qu'il venait de faire. La
troupe reçut l'ordre de rentrer au village et d'y
transporter l'Indien , qui fut placé sur un
brancard à côté du sanglier.

Otuké contemplait silencieusement cette
scène , et son cœur était brisé de douleur.
Lui, le frère de Toba, le fils libre du cacique,
il laissait à jamais ses forêts et ses montagnes,
et il devenait l'esclave des étrangers là où ses
pères avaient commandé à de vaillants guerriers ! Toba, qui n'avait voulu d'autre compagnon que lui, Toba allait revenir et ne retrou-
verait plus son Otuké qu'il chérissait ! L'enfant
à l'âme tendre retenait ses larmes dans son
cœur.

Cependant la troupe était prête à se mettre
en marche; chacun avait pris son rang, lorsqu'on entendit dans la forêt, au haut des
arbres, la voix plaintive d'une tourterelle. On
eût dit une âme pleurant une autre âme qui

s'en allait. Nul pourtant ne le remarqua. Otuké seul, par un mouvement subit, leva instinctivement la tête. Il ne vit rien d'abord, puis il vit une flèche passer dans l'air. Elle venait de l'endroit où pleurait la tourterelle, et elle allait dans la direction que semblaient vouloir prendre les Espagnols. Un rayon d'espoir brilla dans ses yeux.

Toba l'avait vu ! — Toba était seul, et il ne pouvait venir le tirer des mains de tant d'ennemis ; mais sa flèche lui disait qu'il suivrait bientôt le même chemin, pour venir le délivrer.

Don Sanchez s'éloignait à la tête des siens, et le triste roucoulement se faisait encore entendre. Dès que le bruit des pas se fut perdu dans la forêt, un Indien, glissant d'une haute branche qui se courbait sous lui, tomba à l'endroit même que venaient de quitter les Espagnols. Il était sans armes. Il fixa ses yeux à terre, et après un instant de silence :

— Son sang ! s'écria-t-il, voilà son sang !

Les guerriers blancs l'ont répandu, comme celui d'Ayma! Toba, fils d'Ayma, Toba, frère d'Otuké, ira demander au cacique blanc le sang de son père mort, et le sang de son frère prisonnier!

Et s'élançant rapide comme un trait, l'Indien plongea dans la forêt profonde.

Soixante jours s'étaient écoulés sans que Toba eût pu délivrer son frère. Une seule fois, et c'était deux jours après la victoire de don Toribio, il était parvenu jusqu'au milieu des ennemis. Près de pénétrer dans la cabane où gisait Otuké, il avait percé d'une flèche un soldat qui veillait sur lui. L'Espagnol, blessé à mort, eut le temps d'appeler à son secours, et au cri redouté de Rompe-hachas! plus d'un de ses compagnons était accouru. Toba s'était retiré en jetant un dernier coup d'œil sur la *case* qui renfermait son frère blessé. Depuis ce jour on avait redoublé de surveillance, et les prisonniers étaient observés de plus près par leurs maîtres. Aussi, le fils d'Ayma rôdait-il en vain chaque nuit, autour du camp, comme la louve à qui on a pris ses louveteaux, et qui attend l'instant propice pour les enlever. Otuké avait renoncé à sa liberté jusqu'au moment où sa fuite ne pourrait plus être arrêtée par sa blessure.

A l'arrivée du jeune cacique dans leur camp, les Espagnols n'avaient pas tardé à s'apercevoir, aux marques de respect que lui prodiguaient les Indiens, qu'il était connu et révéré d'eux. Ils l'appelaient *le frère de Toba*, et ils reportaient sur lui en partie l'admiration que leur inspirait le guerrier libre que les vainqueurs n'avaient jamais pu prendre par la force, ni faire tomber dans leurs embûches.

On reconnut en lui un chef, et soit que, respectant son rang, on ne voulut point le traiter comme les autres prisonniers, soit qu'on craignit son influence sur eux et qu'il ne s'organisât une révolte, on le plaça loin de ses amis, dans une de ces cabanes construites avec des planches et des feuilles sèches de palmiers, appelées *bohios*. Ce bohio, reste de l'ancien village, élevé par des mains indiennes, rappelait à Otuké, au milieu de ses souffrances, les jours où, tout enfant, il s'armait déjà d'un arc et de flèches pour tuer au vol des ramiers, et pour suivre dans leur fuite les écureuils rapides. Il se souvenait aussi qu'il avait vu dans ces mêmes lieux Ayma, son père, et son frère Toba, allant appeler leurs compagnons à chaque porte, pour repousser les ennemis de Borinquen. Les feuilles desséchées des palmiers avaient duré plus que les guerriers de Guanahibo et le cacique Ayma! Son cœur ne ressentait pourtant aucun désir de vengeance. Les deux frères avaient, pour ainsi dire, partagé leurs passions; à l'un les regrets, à l'autre la haine implacable; regrets et haine naissaient dans l'âme de tous deux de leur amour pour la liberté.

Prisonnier et blessé, Otuké sentait sa dou-

leur s'augmenter par la solitude où le jetait la
rigueur des Espagnols. Plongé au fond de son
hohio, il ne voyait passer devant la porte que
le soldat chargé de le surveiller ; il n'entendait
que le murmure d'une petite rivière limpide
comme le cristal , que les Espagnols avaient
détournée pour la faire passer au milieu de leur
camp, et qui jadis coulait sous les arbres de la
forêt. Le soir, ce murmure était triste, et
Otuké se répétait alors : « Ayma le cacique a
pleuré, et ses pleurs se sont répandus sur
Guanahibo ; il s'est plaint, et ses plaintes s'en-
tendent dans la nuit. »

Il était au camp espagnol une âme douce et
compâtissante, toujours prête à soutenir les
chaînes de l'esclave, pour les lui rendre moins
pesantes ; toujours disposée à porter ses ten-
dres paroles aux infortunes des prisonniers qui
pleuraient leur indépendance perdue. C'était,
pour les Indiens, la Vierge de la consolation.

Cette Vierge s'appelait Carmen. Elle était partie d'Espagne accompagnée de son frère, et avec lui elle partageait l'amour sans bornes de don Sanchez, leur père. L'affection de don Sanchez s'était toute reportée sur sa fille, après qu'il eut perdu, pendant une traversée malheureuse, son bien-aimé José.

Carmen avait à peine seize ans, et déjà l'on voyait en elle toute la beauté d'une fille d'Andalousie. Ses longs cheveux noirs décelaient son origine, et ses yeux étaient un reflet du ciel bleu de son pays, de ce bleu céleste qui cache tant de tendresse sous une légère teinte foncée, mais qui brille, reluit et étincelle sous un rayon du soleil, comme le regard sous le feu de l'âme.

La noble jeune fille allait chaque soir visiter la *case aux Indiens*. C'était là que l'on jetait pêle-mêle tous les prisonniers, malades ou propres au travail. Les uns, pris depuis peu, portaient encore les blessures qu'ils avaient reçues en se défendant; d'autres, qui avaient

essayé d'échapper, avaient les pieds chargés de
fers et le dos sillonné par le fouet des maîtres.
A côté d'eux, venaient se ranger pour être
enfermés chaque nuit, comme un troupeau,
ceux qui étaient employés aux travaux des
mines et auxquels on accordait quelques heures
de repos sur de simples planches. Malheureux,
ils se réjouissaient tous en voyant la jeune fille
qui savait les plaindre, arriver pour leur faire
sa visite accoutumée et portant pour chacun
quelque soulagement à ses souffrances. Elle
leur parlait leur langue et leur promettait de
plaider pour eux auprès de son père, et peut-
être était-ce elle qui était parvenue à faire
donner par don Sanchez des ordres sévères,
qui empêchaient de maltraiter inutilement les
Indiens. Aimée de tous, elle allait sans crainte
au milieu d'eux, et savait qu'elle pouvait sans
danger s'écarter de sa demeure.

Elle était sortie un soir et se dirigeait, à la
recherche de son père, du côté où travaillaient
les prisonniers. A l'ombre d'un tamarinier,

séparé du sentier qu'elle suivait par de hautes
herbes, elle aperçut deux Indiens assis. L'un
d'eux, déjà très vieux, regardait son jeune
compagnon avec tristesse et semblait plaindre
ses malheurs. Carmen, attendrie, s'arrêta un
instant pour les voir.

— Le père de Boucao, disait le vieillard,
était déjà prêt à partir vers le pays des hautes
forêts et des vastes prairies, pour suivre les
chasses du grand Cémi; mais pourquoi les
hommes blancs ont-ils aussi pris son fils!
Boucao aurait été un beau guerrier de Borinquen!

Et il caressait son fils en pleurant.

— Pourquoi, ajoutait-il, Boucao n'a-t-il
pas fui, dans la nuit, lorsqu'il le pouvait?

— Père, répondit le jeune Indien, le soleil
a déjà vu cinq fois le frère de Toba dans le
camp des blancs. Otuké est blessé, et il gémit
seul séparé de tous dans son bohio. Boucao, son
ami, pourra peut-être le voir et le consoler.

Aujourd'hui même son gardien l'a menacé de la mort.

Carmen, qui pouvait tout entendre sans être vue, craignit d'apprendre en écoutant encore, quelque projet de fuite et revint sur ses pas, sans vouloir surprendre ce secret aux malheureux Indiens. Mais en s'en allant, elle restait sous l'impression de ce qu'avait dit le jeune Indien, et elle chercha dans sa mémoire quel était celui qui pouvait inspirer à son ami un pareil dévouement. Elle ne put pas se souvenir d'avoir entendu prononcer à d'autres le nom d'Oluké, et se promit de le connaître dès le soir même. Son intérêt était encore excité par ce qu'avait ajouté Boucao. Elle savait que les Espagnols menaçaient rarement en vain, et elle voulait savoir si on avait condamné quelqu'un de ses protégés.

Le soir, lorsque Carmen vit les Indiens rassemblés devant la *case commune* et prenant leur triste repas, composé de bananes et de poisson salé ; elle alla vers eux, et elle put savoir facilement la demeure de celui à qui elle s'intéressait déjà sans le connaître. Elle passait au milieu de ces infortunés, donnant à l'un une parole de consolation, à l'autre un mot d'espoir, regardant avec attendrissement les blessures de celui-ci, fournissant à celui-là de quoi soigner ses plaies. Elle retrouva Boucao au milieu des prisonniers, et ce fut à lui qu'elle demanda lequel de ses compagnons était Otuké.

— Le fils du cacique, répondit tristement Boucao, est enfermé sans soleil dans le bohio. Il ne commandera pas, comme Ayma son père, aux guerriers de Guanahivo. Ayma est mort en combattant les ennemis, Otuké mourra en pleurant sa liberté, loin de son ami!

Carmen vit une larme mouiller la joue de l'Indien, qui se retira cachant sa douleur.

Aux Antilles, la nuit succède au jour sans transition. On passe presque tout à coup de la

lumière à l'obscurité; les soirs sont sans cré-
puscule. Au moment où Carmen interrogeait
Boucao, la cloche sonna pour faire rentrer les
esclaves dans ce qu'on pouvait appeler leur
étable. Le jour avait disparu, mais la lune
remplaçait le soleil. Les Indiens, répondant à
l'appel que faisait un de leurs maîtres, passaient un à un et allaient s'enfermer dans leur
prison.

Carmen, après les avoir vus disparaître,
poussée par sa curiosité de jeune fille autant
que par la bonté de son âme, qui la portait
sans cesse vers les malheureux, se dirigea du
côté du bohio où était le fils du cacique. Elle
trouvait libre passage partout où elle se pré-
sentait; aussi y pénétra-t-elle sans en être
e npêchée par le soldat en sentinelle. Quoique
la lune fût brillante au-dehors, la jeune fille
s'arrêta un instant sur le seuil de la hutte,
cherchant des yeux Otuké, qu'une obscurité
plus grande, ou, pour mieux dire, une lumière
moins vive l'empêchait de voir dans l'intérieur.

Elle l'aperçut enfin blotti à un angle du bohio. Ses poignets y étaient attachés par une forte corde, qui lui laissait pourtant la liberté des mouvements. Assis à terre sur une natte de paille grossière, il tenait ses coudes appuyés sur ses genoux et sa tête dans ses deux mains, comme livré à des regrets profonds. Carmen s'avança silencieusement, puis s'arrêta devant lui. En ce moment, un rayon de la lune passant à travers une crevasse des feuilles sèches qui formaient le toit, tombait sur son visage et l'illuminait d'une auréole céleste. L'Indien, relevant la tête, vit devant lui cette mystérieuse apparition, et resta un instant comme pétrifié.

— Qui es-tu? dit-il enfin. Es-tu une fille du grand Cémi, et viens-tu me prendre et m'emporter en planant au-dessus des forêts?

Il l'admira encore, puis laissa retomber sa tête douloureusement en s'écriant :

— Non, les vierges de Borinquen ont le visage doré comme le soleil; toi, tu es un esprit envoyé par les guerriers blancs pour prendre ma vie, sans que j'aie revu Toba. Je suis prêt. Otuké saura mourir sans pousser des plaintes.

— Je viens te secourir, répondit Carmen.

Jusqu'à ce moment, elle avait, comme malgré elle, gardé le silence pour mieux voir. Lorsque Otuké avait relevé sa tête, elle avait retenu une exclamation prête à lui échapper. Elle avait trouvé dans son regard quelque chose qu'elle n'avait jamais vu chez aucun homme.

— Le Dieu des blancs, dit l'Indien, ordonne le massacre des habitants de Borinquen, par la ruse ou par la force; les blancs ne peuvent me secourir.

A ce mot, la fille de Sanchez pensa au danger que courait son ami; elle se rappela les paroles de Boucao : « Aujourd'hui même son gardien l'a menacé de la mort. » Elle résolut de le sauver.

— Un guerrier blanc t'a menacé de te faire périr, lui dit-elle, et moi je viens te délivrer. Me crois-tu ?

Otuké regarda avec étonnement et avec une admiration croissante celle qui allait être sa libératrice.

— Oui, s'écria-t-il, j'essayais déjà mes forces pour la fuite; mais je ne puis tromper les yeux du guerrier blanc qui veille. Son arme s'est abaissée sur moi, et il a juré ma mort si je tentais ma délivrance. Mais toi qui viens adoucir ainsi la douleur du prisonnier, dénoue mes liens et marche devant moi. Je fuirai sous ton ombre, et les guerriers éblouis par ton regard, détourneront les yeux. Marche ainsi jusqu'au bois profond, et là, sous les branches sacrées qui tremblent au souffle libre du vent, Otuké, fils du cacique et frère de Toba le grand guerrier, t'offrira le flambeau à éteindre pour que tu sois son épouse.

Mille idées confuses s'agitaient dans l'âme de Carmen. Elle s'effrayait d'avoir fait une promesse qu'il lui serait si difficile et peut-être impossible d'accomplir; elle se souvenait de la menace du soldat, mais elle pouvait croire qu'elle n'aurait point d'effet; elle voyait la blessure du jeune Indien qui, sans doute, l'empêcherait encore de fuir assez promptement pour être poursuivi sans succès; enfin, un sentiment moins généreux peut-être, mais dont elle ne pouvait se défendre, lui faisait désirer que l'Indien restât encore prisonnier. Elle se décida pourtant. Elle allait parler à l'Espagnol qui veillait sur lui, lorsqu'arrivant à la porte de la hutte, elle vit la lune briller de tout son éclat. Elle comprit l'impossibilité de traverser le camp sans être vu, et revenant vers Otuké :

— Indien malheureux, lui dit-elle, la fille des blancs te protégera; mais le prisonnier peut-il fuir avec la lumière? Attends que les nuits soient plus sombres et que la douleur soit calmée dans ta blessure.

Carmen sachant qu'elle ne pourrait obtenir de son père la liberté de l'Indien, était certaine d'avoir l'impunité du soldat qui le laisserait échapper. Elle sortit de la hutte avec cet espoir, laissant son image dans l'âme d'Otuké. Le fils du cacique restait dans une rêverie profonde. Cette vierge si pure, si belle, parlant de l'affranchir du joug, lui semblait un rêve que lui envoyaient les esprits protecteurs de Borinquen, et il attendait déjà le lendemain pour connaître la réalité.

Le même soir, Carmen, rentrée sous le toit qu'habitait son père, était assise auprès de lui dans un hamac fait de fils d'aloès et bordé des plumes des oiseaux les plus brillants; elle lui racontait avec grand intérêt qu'il y avait dans le camp le fils de l'ancien cacique de Guanahivo. Elle demanda que ce jeune Indien fût traité avec plus d'égards que les autres prisonniers, et obtint que, renfermé dans sa hutte, il ne serait point envoyé aux travaux des mines; mais don Sanchez promit en même temps de le faire surveiller plus rigoureusement. Les Indiens, disait-il, ne manqueraient pas de racheter un pareil ôtage par la soumission de quelque nouvelle peuplade. Cette résolution répandit la tristesse sur le front de Carmen, et si le commandant de place avait été capable de penser qu'une noble descendante des Goths pouvait ressentir de l'amour pour un misérable Indien, il eût deviné facilement ce qui se passait dans le cœur de sa fille. Carmen perdit son enjouement et se retira sans parler davantage. La belle Andalouse aimait et se sentait aimée. Elle trouva donc mille prétextes pour se croire obligée de revenir chaque soir consoler son protégé jusqu'au moment où elle pourrait lui donner la liberté.

Les jours passaient, et lorsque la nuit revenait, Carmen rentrait sous la cabane d'Otuké. Elle lui montrait alors la fuite facile, malgré les précautions qu'on avait prises, mais l'Indien ne voulait plus s'éloigner sans elle; elle était prête à le délivrer et détachait ses liens, mais c'était elle-même qui le retenait, qui résistait : lutte ardente où leur passion grandissait par le sacrifice que l'un faisait de sa liberté, l'autre de son amour ! Carmen, pour s'affermir, parlait de son père, qui l'idolâtrait, de son Dieu qui la menaçait, et, un instant à peine écoulé, leurs lèvres se rapprochaient, frémissantes ; ils se juraient tous deux de ne se séparer jamais. Troublée, inquiète, elle échappait alors, mais le lendemain elle se retrouvait plus triste dans le jour, et le soir plus aimante que la veille. Son cœur s'enivrait, et déjà elle avait donné toute son âme à son amant, lorsqu'un soir fuyant loin de lui, elle l'entendait dire ce chant :

« J'ai été poursuivi par les bêtes fauves, et j'ai trouvé dans leur antre la vierge timide.

» La vierge timide s'est rapprochée de moi.

» Sa bouche ressemble à la rose ornée des perles que répand sur elle le matin.

» Le grand Cemi a placé dans ses yeux deux rayons du ciel bleu.

» Son col est blanc comme l'écume de la mer.

» La vierge timide s'est rapprochée de moi.

» Elle est devenue mon épouse.

» Je l'emporterai dans mes bras, dans un repli libre de la forêt, et je l'éloignerai de l'antre des bêtes fauves. »

La jeune épouse, en pleurs, entendit ce chant; mais son cœur était résolu, et quoique tremblante à l'idée du sombre mépris que don Sanchez éprouvait pour les Indiens, elle sentait toute l'affection paternelle qu'il lui avait vouée et jurait de ne jamais l'abandonner. Peut-être un jour pourrait-elle lui confier toute sa passion et ne pas se voir condamnée par lui. Jusque-là elle n'espérait d'autre consolation que celle qu'elle trouverait dans l'amour de son ami et dans tout le bien qu'elle pourrait répandre sur ses malheureux compagnons.

C'est ainsi qu'elle vivait, faisant oublier à l'Indien par son affection, les souffrances de la captivité. Otuké, qui chaque jour éprouvait davantage la douce influence de sa compagne, songeait de moins en moins à ses bois chéris; il ressentait quelquefois une sorte de crainte, en pensant à la haine implacable de Toba contre leurs ennemis.

— Un complot découvert et des Indiens à prendre ce soir dans leurs propres filets ! Bonne journée! disait joyeusement don Toribio au milieu de sept de ses compagnons; bonne journée !

— Et mauvaise nuit, répondit lugubrement Antonio.

— Oiseau de malheur, lui cria un jeune soldat, qui te fait parler ainsi ?

— Les alcatracés (1), reprit Antonio d'un ton de prophète, sont sortis aujourd'hui du fond des eaux et ont plané longtemps là haut sur la montagne; le vent souffle de la mer et

(1) Grands oiseaux de mer. Beaucoup d'habitants de la cam_pagne et surtout de nègres , ne voyant paraître ces oiseaux en grand nombre qu'aux jours où la tempête les chasse de leurs petits ilots déserts, croient encore qu'ils vivent au fond de la mer, d'où ils ne sortent que lorsqu'elle est agitée dans toute sa masse par quelque grand orage.

étend peu à peu sur le ciel ce petit nuage qui vient du mont des Chèvres. La lune sera bientôt voilée, et la pluie tombera par torrents. Les toits de nos barraques pourront être emportés.

— Vous rêvez, père Antonio, dit un autre.

— Nous sommes au mois d'août, fit-il pour toute réponse.

Les huit compagnons étaient réunis au milieu du camp espagnol, assis autour d'un feu pétillant qui s'étendait en long sur un côté de deux formidables brochettes formées de petits cochons de lait. Douze victimes annonçaient qu'on attendait d'autres convives. Elles étaient enfilées à deux longs pieux qui servaient de broches, et celles-ci appuyées par leurs deux extrémités sur quatre fourches de bois plantées en terre, étaient tournées patiemment par chacun des interlocuteurs, qui se relevaient tour à tour. En ce moment, le vieil Antonio était à la tâche.

Tout avait été calculé de manière que le

vent ne portât pas la flamme sur le délicieux rôti, et que par cette précaution il ne fût pas enfumé. Chacun suivait d'un œil avide ses rotations incessantes et le voyait avec bonheur roussir peu à peu, puis prendre en certains points une teinte brunâtre et brillante où le feu se réflétait. De temps en temps, une main s'avançait pour retourner des bananes ou de savoureuses patates des Antilles, qui cuisaient sous les cendres. Tous étaient attentifs. Don Toribio, occupant la place principale, était posé en sacrificateur et aiguisait sur la pierre un coutelas qui devait servir à découper. Antonio, après une légère pause, contemplant son œuvre avec joie :

— Gloria al almirante (1)! s'écria-t-il. Qui eût deviné, sans lui, que des pays où tout vient à plaisir étaient habités depuis longtemps par des chiens de païens, tandis que de bons chrétiens gémissaient chez nous dans la misère! Gloria al almirante !

(1) Ch. Colomb.

— Gloria al almirante, crièrent tous.

Puis, les yeux s'abaissèrent encore sur les objets qui excitaient cet enthousiasme, et le silence régna de nouveau.

— Senores, dit enfin don Toribio, ne diriez-vous pas qu'il manque quelque chose à notre festin?

— Sans doute, dit le jeune soldat, el senor de Fuentes, pour l'égayer, en attendant le cri de victoire.

— Hélas! dit Antonio, il ne les égaiera plus. Que Dieu ait son âme.

— Avez-vous compté le nombre de ses blessures? dit quelqu'un.

— Il n'en avait aucune, reprit Antonio. El senor Pedro, son ami, le sait.

— Oui, répondit sèchement Pedro, en jetant sur Antonio un regard de haine.

— Connaissez-vous bien toute l'histoire? dit le voisin de Pedro.

— Non, reprit avidement celui-ci, pas toute.

— Eh bien, on dit qu'il a été étranglé ou

noyé, puis attaché, la face tournée vers le ciel, à l'arbre auprès duquel on l'a trouvé.

— Et auquel nous avions attaché il y a deux mois le fils du cacique, reprit don Toribio.

— Noyé? dit un autre. Se brûle-t-on toute la bouche dans l'eau?

— Qu'est-ce donc?

— Vous aviez tous remarqué que Fuentes s'écartait souvent du camp?

— Oui, répondit-on. Pourquoi?

— C'était pour aller ramasser des paillettes d'or dans un ruisseau qui coule près du lieu où il a été trouvé, et où il cachait son trésor.

— Il avait confié tout cela à Antonio, dit Pedro.

— Et à Pedro, répartit Antonio.

— Hier, ajouta le narrateur, en allant pêcher son or, il y a vu un Indien; il a eu le malheur de tirer sur lui et de l'abattre du coup; au même instant, deux autres sont sortis du fond du bois, ils se sont jetés sur notre ami, et tout son or, les maudits l'ont fondu et le lui ont coulé dans la bouche !

Un frisson parcourut toute la troupe. Pedro fut le premier qui reprit, en regardant Antonio :

— On ne sait pas qui de nous a retrouvé le premier le cadavre, mais tout l'or a disparu.

— Peut-être l'emploiera-t-on à faire dire des messes dans la cathédrale de Cadix, dit Antonio en cédant la broche à un autre. Pedro le suivait des yeux et continua :

— Par le Christ, je l'ai vengé sur son assassin qui chantait ses prouesses au moment où je tirais sur lui, après l'avoir pris et lié ; mais j'ai encore le voleur à trouver.

Il y eut encore un moment de silence.

— Après tout, dit don Toribio, sa mort a mis sur la trace du complot.

Ce mot *complot* fut le dernier de l'oraison funèbre de Fuentes. Il attira l'attention sur un autre sujet.

Le camp espagnol était situé entre la forêt de Guanahivo, qui s'étendait au sud et à l'est, et une montagne qui entourait en demi-ceinture les deux autres côtés. C'est à une partie de cette montagne, à celle qui se prolongeait à l'ouest, que les Espagnols avaient donné le nom de Monte de Cabras (Mont des Chèvres), à cause de la difficulté qu'il y avait à la gravir, quoiqu'elle fût d'une médiocre hauteur, et ils avaient appelé Puntilla (petit point), le pic culminant sur lequel un seul d'entre eux s'était inutilement hasardé. La partie qui occupait le nord avait été nommée Monte de barro (Mont d'argile). Entre le Monte de barro et le Monte de Cabras, à peu près à un quart d'heure de marche du camp, se trouvait un défilé, la Boca de Matanza (la Bouche du Massacre), où quelques mois auparavant cinquante Espagnols avaient péri, criblés du haut des deux monts par les flèches des Indiens, auxquels ils n'avaient même pas pu riposter.

Dans le camp, il n'y avait que la maison du

commandant qui offrit quelque commodité; elle s'appuyait au sud sur la forêt. Construite toute en planches solides, son rez-de-chaussée était le dépôt d'armes, et c'est ce qu'on appelait l'arsenal. Le commandant et sa fille étaient logés au-dessus. Par un escalier qui se continuait avec un balcon, on descendait dans le camp même. A gauche, au sortir de la maison, étaient construites plusieurs barraques qui servaient d'asile aux soixante hommes sous les ordres de don Sanchez. La plus rapprochée, portant un drapeau aux armes espagnoles, servait de corps-de-garde. A droite, se trouvait le bohio où était retenu le fils du cacique, et en face, du côté du Monte de barro, était la case commune des Indiens prisonniers. Ils y entraient par un long corridor, où ils ne pouvaient passer qu'un à un, et chaque matin ils en sortaient pour aller au Monte de Cabras, où on les menait travailler.

Ces détails nécessaires nous permettront de suivre facilement les scènes qui vont se passer,

et nous font voir nos huit compagnons, placés
entre la maison du commandant Sanchez et la
prison des Indiens, au moment où don Toribio
prenait la parole.

—Enfin, dit un soldat, pourquoi don Toribio
ne nous fait-il pas connaître, en attendant nos
compagnons, toute la trame de ce complot que
le hasard lui a fait découvrir?

Don Toribio se rengorgea, prit ses aises, et
après avoir jeté sur son interlocuteur un regard
dédaigneux qu'accompagnait un sourire de
pitié, il commença son histoire avec une dignité
vaniteuse et comique par l'emphase qu'il mettait
dans chaque geste.

— Il y a des choses, dit-il, que chacun peut
découvrir, parce que le hasard peut favoriser
tout le monde; mais il est des événements que
le talent seul peut prévoir, parce que le *talent*
seul suit une marche certaine.

— Où donc, lui dit-on, votre talent a-t-il
trouvé le fil du complot?

— Là-haut, s'écria-t-il, sur la Puntilla.

— Y avez-vous été?

— Non. Ecoutez.

Don Toribio raconta alors tout ce qui s'était passé.

Plein de méfiance depuis la mort de Fuentes (ce qui lui avait fait judicieusement remarquer que les Indiens se rapprochaient beaucoup du camp), il avait en outre, le matin même, au moment d'appeler les prisonniers au travail, trouvé l'un d'entre eux rôdant hors de la case, quoiqu'elle fût parfaitement fermée. Cet Indien n'était autre que Boucao. L'ami d'Otuké, accusé d'avoir échappé, chercha à prouver qu'on l'avait laissé dehors par mégarde, et convainquit l'Espagnol de son innocence, en lui démontrant qu'il aurait pu fuir dans la nuit et qu'il se trouvait pourtant à son poste. Don Toribio, voulant faire ressortir son *talent*, ajouta qu'il ne s'était pas laissé prendre à ces discours. Il n'avait pas chargé de fers l'Indien ; mais il avait continué à le surveiller. Dans la journée, pendant que les travailleurs prenaient leur repas au bas du Monte de Cabras, don Toribio, évitant le soleil derrière un bloc de pierre où il était à moitié caché, entendit près de là Boucao faire des confidences à un de ses compagnons : les Indiens devaient venir au nombre de deux cents, attaquer les Espagnols, le soir même, pendant leur sommeil ; ils arriveraient par le défilé de la Boca de Matanza. Si les Espagnols laissaient ce passage libre, il était certain que leur corps serait détruit complétement, et tous les prisonniers délivrés.

« C'est alors, continua-t-il, que j'ai vu apparaître au haut de la Puntilla un homme d'une taille gigantesque et d'une figure d'enfer. J'ai cru reconnaître, d'après le portrait qu'on en fait, le fameux Rompe-hachas. Il brandissait une arme, en faisant à celui que je surveillais des signes que je n'ai pu comprendre, et auxquels Boucao répondait. J'ai vu alors qu'il lui indiquait le défilé ; puis, comme si tout à coup il m'avait aperçu, il a poussé le cri d'un tigre

affamé quand il aperçoit sa proie, et il a lancé
sur moi sa hache, qui est venue frapper sur la
pierre même derrière laquelle j'étais blotti, et
dont je m'étais éloigné d'un bond. J'ai riposté
en tirant sur lui, et je l'ai vu se renverser de
l'autre côté du mont. Il doit être tombé mort,
ajouta modestement don Toribio. »

— Et Boucao? demanda Pedro.

— Mis aux fers chez le commandant; il lui
a avoué tout ce que j'avais écouté, et c'est
après ces révélations que don Sanchez s'est
décidé à envoyer toute la troupe occuper le
défilé et à ne laisser ici que nous huit et les
quatre hommes qui veillent à la case, au corps-
de-garde et au bohio.

— Etes-vous certain, dit Antonio, d'avoir
vu un homme au haut de la Puntilla?

— Et certain que c'était Rompe-hachas, dit
don Toribio.

— Je crois que s'il y avait une montagne
assez haute pour arriver au ciel, ce damné y
monterait tout droit.

Le vieil Antonio, comme la plupart de ses compagnons, était brave jusqu'à la témérité. En arrivant à Guanahivo, il avait appris que les Indiens se montraient souvent sur la Puntilla, et dès lors il résolut de gravir ce pic dangereux. Il essaya en vain; il roula au bas et se releva avec un bras cassé. Depuis lors, aucun des siens n'avait refait la même tentative. On a pu voir en outre qu'Antonio avait à un haut degré deux qualités importantes dans les guerres d'Amérique, fanatisme et avidité.

— Nous allons avoir la revanche du massacre de la Boca, ajoutait-il. Le commandant doit maudire ces fièvres, qui briseraient le plus fort et qui le retiennent chez lui. Cinquante contre deux cents; c'était digne de lui, car il braverait le diable, Dieu me pardonne.

Et il fit un signe de croix.

— S'il ne redoute rien pour lui, il craint pour doña Carmen. Il ne lui a pas permis de s'éloigner de son côté un seul instant dans tout le jour. Peut-être est-il heureux de rester auprès d'elle.

— Pour moi, reprit le vieux soldat, je voudrais voir cette rencontre. Je n'ai pas de bonheur égal à celui de frapper sur ces chiens.

Tout en parlant, il avait retiré des cendres une banane fumante, et il la partageait avec ses deux voisins. Il était assis sur une pierre et dominait ses camarades.

— Le combat s'engagera bientôt, continua-t-il en s'interrompant de temps en temps pour souffler sur sa banane et la refroidir. Il faut que tous ces démons expient leurs péchés en travaillant aux mines ou qu'ils meurent !

Et il portait tranquillement à sa bouche entr'ouverte le morceau qu'il savourait des yeux. Il le tenait déjà de ses dents, quand tout à coup il se dresse par un mouvement brusque et poussant un cri sourd, serre ses mâchoires avec la force convulsive que donne une douleur subite. Il broyait entre ses dents, à la place du fruit, une flèche qui avait traversé ses joues de part en part et était venue du côté de la case.

Tous ses compagnons levèrent les yeux sur lui, et comme obéissant au même commandement, ils se précipitèrent vers le corps-de-garde en criant : aux armes ! Antonio seul restait debout, hébété, dans sa douleur. Bientôt, un coup terrible fut asséné sur sa tête avec une bûche enflammée. Il crut être frappé par un Indien, et se retournant en s'affaissant, il prononça sourdement du fond de l'âme : Maudit ! et il tomba.

Pedro courut rejoindre ses compagnons.

Don Sanchez n'avait pas encore eu le temps de sortir en entendant le cri poussé par ses soldats, et déjà une lutte sanglante s'était engagée. Les Espagnols, rejoints par une seule des sentinelles dispersées dans le camp et par le soldat qui veillait au corps-de-garde, se trouvèrent au nombre de dix. Ils sortirent

2.

armés et se placèrent en rang devant la maison du commandant. Ils virent alors une douzaine d'Indiens éclairés par le feu qui brillait au milieu du camp, venir froidement à eux et marchant, non dispersés, comme d'habitude, mais en une seule file. Don Toribio ne put retenir un cri : Rompe-hachas. Malgré ce nom redouté, la supériorité des armes donnait encore aux siens l'avantage. Tous abaissèrent leurs armes sur l'ennemi. Au commandement de don Toribio, deux mouvements s'exécutèrent en même temps ; les blancs firent une décharge en masse, les Indiens tombèrent comme un seul homme à plat-ventre contre terre. Ils se relevèrent à l'instant, et Toba le premier, comme s'il eût surgi de terre, se trouva au milieu des guerriers blancs. Il portait une longue hache de pierre qui roulait autour de sa tête avec une rapidité effrayante. Pedro tomba, don Toribio tomba. Il fallait vaincre vite ou mourir avec tous ses compagnons, car les Espagnols postés à la Boca de Matanza pouvaient arriver à la courue, au bruit de la décharge. Les siens le soutenaient bravement; ils poussaient les Espagnols, qui à chaque instant se voyaient cernés par un plus grand nombre. Déjà des prisonniers délivrés commençaient à arriver.

Don Sanchez apparut en ce moment au balcon.

— Le cacique blanc! cria Toba d'une voix terrible. A moi!

Un bond le jeta au milieu de l'escalier. Son pied, moins sûr là que sur la montagne, glissa. Il tomba et fut sauvé: une balle envoyée par le commandant alla frapper et tua un Indien qui venait derrière lui. Don Sanchez n'avait pas le temps de recharger; il jeta son arme et attendit son adversaire l'épée à la main au haut de l'escalier. Toba arrivait à lui, terrible, frémissant de rage; mais l'endroit était difficile, l'Indien y maniait mal sa longue hache. L'Espagnol, d'un courage inébranlable, parait et ripostait avec avantage; il pouvait déjà espérer la victoire, lorsque Toba fut blessé au bras droit légèrement. Le lion sentant le fer, bondit de fureur; il prit son arme formidable des deux mains et la leva sur la tête du commandant, dont l'épée menaçait sa poitrine. Il la fit retomber avec tout le poids de sa force, et l'épée prise, par un mouvement de Sanchez, entre la rampe du balcon et la hache, vola en éclats. Sanchez recula devant cet ennemi.....

Carmen, obéissant aux ordres de son père, restait sans se montrer dans l'intérieur de l'habitation. Elle y attendait, pleine d'anxiété, la fin du combat, en ignorant les détails, et regardait là Boucao enchaîné, dont elle voyait trop tard la trahison.

— Boucao, lui dit-elle, a trompé les blancs; mais qui le sauvera de la mort?

— Boucao est content, répartit l'Indien; il délivre ses compagnons et sauve Otuké son ami.

Carmen l'admirait. Ce fut alors qu'elle vit son père, don Sanchez, reculant et ne tenant plus qu'un tronçon d'épée. Toba apparut après lui. La hache de l'Indien passa comme un éclair au-dessus de Sanchez. Carmen vit son père mort.

— Otuké! cria-t-elle. Mon Otuké!

Et elle tenait déjà son père embrassé, regardant d'un œil fixe le frère de son amant. A ce mot seul, la hache tomba à terre, inerte, pendant que, par un mouvement sublime, dans un suprême effort, Boucao brisait ses liens et sautant entre elle et le chef des guerriers, venait protéger la vierge consolatrice des prisonniers. Un éclair brilla dans l'âme de Sanchez, qui tenait sa fille évanouie devant cet Indien, furieux tout à l'heure, maintenant immobile. Boucao répétant alors le cri de Carmen :

— Otuké, dit-il, combat contre deux guerriers !

Il montra du doigt au fils d'Ayma son frère se défendant contre deux Espagnols. Toba, ranimé à cette vue, abandonna tout, et se jeta dans le camp. Boucao le suivit.

Malgré le nombre des Indiens, le combat
s'était livré avec les mêmes forces de part et
d'autre. Les prisonniers lâchés étaient venus
d'abord renforcer les compagnons de Toba ;
mais se trouvant sans armes, bientôt comme
pour assouvir leur rage contre les signes de
leur esclavage, ils s'étaient dispersés, portant
partout le feu. L'incendie éclata dans la case ;
les barraques des soldats furent livrées aux
flammes. Les guerriers venus au camp s'étaient
ainsi trouvés seuls, face à face avec les ennemis, à peu près en nombre égal, et leur
poitrine nue était plus accessible au fer des
Espagnols. Ils se battaient corps à corps,
lorsque Otuké accourut sauver son amie. Il fut
arrêté, repoussé, attaqué rudement par deux
ennemis. Toba le vit, et il fut délivré.

Les défenseurs de Sanchez surent mourir à
leur place. Otuké crut toucher au moment de
son bonheur : être libre avec Carmen, qu'il
« éloignerait de l'antre des bêtes fauves. »

— Mais déjà on entendait des décharges qui se rapprochaient, de nouveaux amis se montraient, les Indiens couraient vers le bois.

Otuké s'élançait, allait prendre la fille de Sanchez. Toba le retint. Au même instant, le commandant se montra de nouveau pointant le grand guerrier de Guanahivo. La balle effleura l'épaule d'Otuké, dont le sang coula encore. Toba lança sur le chef des blancs un regard de haine à mort, puis promena sa vue autour de lui, l'enivrant encore du carnage qu'il avait fait.

Pourtant les Espagnols venaient, les Indiens fuyaient, disparaissaient; il restait seul. Il enleva alors Otuké dans ses bras, comme une proie longtemps cherchée, il s'enfuit poussant un cri rauque de vengeance et ne s'arrêta que loin dans la forêt. Un Indien le suivait chargé d'un fardeau qui lui était cher. Boucao emportait son père blessé à mort, expirant.

Les Espagnols postés à la Boca arrivaient au camp. Toute la soirée, ils avaient été retenus à leur poste, amusés par quelques Indiens qui, dans leurs apparitions répétées, semblaient se multiplier. Ces anciens guerriers de la tribu de Toba étaient venus le seconder et tenaient en éveil les ennemis éloignés par la ruse de Boucao. A chaque moment ils paraissaient vouloir forcer le passage, puis ils se dispersaient pour revenir encore. La colère des blancs n'était que plus grande. En retrouvant leurs logements incendiés, leurs amis morts, un cri de fureur s'éleva parmi eux. La maison du commandant n'avait été sauvée que par le vent, qui poussait le feu du côté opposé. Les soldats se rencontraient, se rassemblaient devant leurs asiles dévastés, et juraient d'exterminer les Indiens.

Don Sanchez lui-même, retenu jusque-là auprès de sa fille délirante, sortit appelant les siens, effrayant de désespoir. Il partagea sa troupe, en laissa une partie, et soit qu'il voulût frapper les sauvages sans les laisser s'enorgueillir de leur audacieuse attaque, soit qu'il eût vu dans le délire de Carmen quelque motif de vengeance, il se jeta lui-même devant les siens, à la poursuite de Rompe-hachas.

Si quelqu'un des compagnons d'Antonio lui avait survécu, il eût vu que sa prédiction s'accomplissait : « La nuit était mauvaise » de toutes les manières. Peu à peu le ciel était devenu noir, le tonnerre roulait sourdement au-dessus des monts, l'atmosphère était lourde, le vent sifflait. L'orage était prêt à éclater. Il fallait toute la rage dont les Espagnols étaient animés pour tenter une poursuite au travers des bois, où les Indiens pouvaient leur faire payer chèrement leur témérité. Rien ne les arrêta.

Cependant, au milieu des signes de colère qui éclataient au ciel, trois Indiens étaient occupés paisiblement dans la forêt à une œuvre pieuse. Ils avaient couru longtemps, et en ce moment deux d'entre eux déposaient dans une fosse le corps d'un ami. Ils le couvraient de terre et jetaient par dessus des feuilles desséchées, images de la vieillesse et de la mort.

Le troisième veillait et écoutait les bruits qu'apportait le vent.

— Le grand Cemi, disait l'un, l'a fait partir, mais déjà ses chaînes étaient rompues ; il pourra le suivre en liberté pour tuer le chevreuil eu le sanglier !

— Le soleil brillera demain, disait l'autre, et avant qu'il ne se soit plongé dans le lac, Otuké sera auprès du père de son ami. Boucao marchera armé de la hache auprès de Toba; mais devant la fille des blancs, il dira que l'oiseau bleu (1) ne peut vivre loin de la fleur. Otuké mourra loin de Carmen son épouse. Le bras de la guerre les a séparés !

— Boucao, reprit le premier, est l'ami d'Otuké.

Dans ces simples mots, il y avait la promesse de toute une vie de dévoûment.

Le troisième Indien, qui veillait, c'était Toba, le terrible Rompe-hachas. S'approchant en ce moment :

(1) Oiseau-mouche qui ne vit que du suc des fleurs.

— Il faut fuir, dit-il. Les signes que se font les blancs avec leurs armes, pour se retrouver, se rapprochent de nous, et le vent apporte à travers l'orage le bruit lourd de leurs pas.

Il finissait à peine de prononcer ces mots, qu'au milieu d'un éclat de tonnerre, une détonation partit de la forêt, comme une réponse au bruit de la foudre. Les trois Indiens, debout, rapprochés, restèrent impassibles, immobiles : trois statues de bronze. Ils entendirent distinctement des voix. Un des trois s'abaissant doucement et s'appuyant à terre sur ses mains, ne dit que ces mots :

— Au Roc aride !

Puis, il passa comme eût fait quelque bête effrayée, au-devant même des ennemis. Toba et Otuké glissant avec le vent à travers la forêt, suivirent leur chemin qu'ils avaient interrompu pour enterrer avec leur ami le corps de son père. Cet ami emportait le secret qu'Otuké hésitait à dévoiler à son frère même.

Nous trouvons ici les deux Indiens regagnant le lieu où Toba, fier d'avoir délivré celui qu'il aimait d'un amour de mère, mais qu'il voulait armer de haine pour la vengeance de Borinquen, devait lui montrer les ossements d'Ayma massacré par les Espagnols.

Après avoir continué longtemps encore leur marche à travers l'obscurité de cette orageuse nuit en faisant de nombreux détours pour échapper aux ennemis, Toba et Otuké arrivèrent à un sentier étroit, tortueux et escarpé, dont l'entrée se cachait derrière un bouquet d'arbres. Des lianes s'étendaient d'une branche à l'autre et entrelaçaient les divers troncs en formant un tissu qui paraissait impénétrable. Le jour commençait à jeter du ciel quelques rayons, et Otuké put voir qu'il n'était pas éloigné du Roc aride, dernière retraite de Toba.

Le chemin difficile qui menait au sommet,

bordé de rochers impraticables qui s'élevaient des deux côtés comme des murailles, permettait à peine à deux hommes de marcher de front. Otuké suivait son frère dans les détours de ce labyrinthe. Ils parvinrent au haut du roc lorsque déjà le soleil montrant lentement sa face brillante, s'arrondissait au loin en sortant de la mer. Les nuages se dissipaient, et les grosses gouttes de pluie ne tombaient plus que des feuilles des arbres ou des calices penchés des fleurs. On eût dit que la nature, fatiguée, voulait se reposer des immenses agitations de la nuit.

Le faîte du Roc aride, grande masse rocheuse chauve, dominait dans tout son trajet le seul sentier qu'il fallait gravir pour y arriver. Quoique, vu d'en bas, il parût formé par un pic très aigu, il se terminait par une plate-forme surmontée sur un côté d'une grotte qui pouvait servir de refuge contre les ouragans. De là, la vue parcourait une prodigieuse étendue, d'un côté sur de larges forêts, de l'autre sur la mer, deux grandes images de la nature libre. Le roc s'élevait majestueusement sur les flots, qui venaient se briser à ses pieds, et dont on n'aurait pu en cet endroit mesurer la profondeur; il sortait de leur sein, et taillé à pic de leur côté, montait au-dessus d'eux comme pour les contempler d'en haut, grand piédestal digne du génie de la liberté.

Toba et Otuké y arrivèrent, et le soleil qui l'enlaçait dans ses rayons comme dans un réseau d'or, leur apparut dans toute sa beauté. C'était leur dieu, une des formes du grand Cemi; ils l'adorèrent. Puis, le premier des fils d'Ayma prenant son frère par la main et le conduisant à l'entrée de la grotte :

— Otuké et Toba, dit-il, chassés des plaines de Borinquen, ont dormi longtemps sur les feuilles sèches dans la grotte du Roc aride. Le grand Cemi veillait sur eux. Les ossements d'Ayma ont là un tombeau qui les garantit à peine de la pluie froide; mais Toba et Otuké vengeront les terres de Borinquen. Ils rappor-

teront à Guanahivo le grand Cemi et les ossements d'Ayma.

Il allait pénétrer sous la voûte ; mais Otuké
recula, comme s'il eût craint de faire un ser-
ment de vengeance en pénétrant dans ces lieux
sacrés. La grotte renfermait une image du
dieu, grossièrement taillée dans un tronc de
chêne. Le Cemi tenait une flèche de la main
droite, tandis que la gauche soutenait un éclat
de rocher et une branche verte que l'Indien
rapportait chaque jour des bois voisins. C'est
que le dieu était encore le dominateur des
forêts et des montagnes.

Toba, surpris de la résistance de son frère,
l'interrogeait des yeux, quand celui-ci lui dit :

— Otuké ne peut entrer dans la grotte
avant d'avoir dit à Toba les jours de sa
captivité.

Et les deux frères assis sur la pierre, en
face de l'astre qui éclaire les paroles de vérité,
le plus jeune dit l'histoire de son amour.

Toba écoutait silencieusement le récit de son frère, les yeux fixés à terre, sans faire un seul mouvement, sans montrer au dehors une seule de ses pensées. Le pauvre amant cherchait en vain dans son regard un signe bienveillant; il parlait comme devant un juge, et il se justifiait en parlant longuement de la beauté irrésistible de Carmen. Le grand guerrier s'identifiait alors avec son jeune frère; il lui donnait son âme, il se faisait prisonnier, il suivait toutes les émotions qu'il avait senties; mais il jugeait, et comme s'il se fût jugé lui-même. Une fois Otuké, au milieu de ces doux souvenirs, s'écriait :

— Oh! frère, qui aurait résisté!

Toba détourna sur lui son regard, puis le fixa à terre de nouveau. Le jeune Indien avait compris ce qu'il lui disait :

— Moi!

— C'était impossible! répartit Otuké.

— Non! dit Toba, et il demeura impassible.

L'Indien des forêts avait, il est vrai, laissé

tomber la hache de ses mains devant Carmen éplorée, se jetant entre lui et son frère ; il avait été clément aussi pour la belle fille des blancs qui avait dit le nom d'Otuké ; mais c'était là tout ce que son cœur pouvait comprendre. Quiconque parmi les guerriers était capable d'aimer les envahisseurs, devenait pour lui un sacrilége, un traître. Cet homme avait par-dessus tout l'instinct de la patrie ; rien ne lui paraissait digne d'être aimé, si cet amour devait être combattu par le noble sentiment de la liberté de son pays. Lui, il lui eût tout sacrifié. A Rome, il eût été un assassin sublime, Brutus. Il aimait Otuké ; un amour sans bornes ! Mais jusque-là, aimer Otuké c'était aimer son frère et en même temps un guerrier, un ven-geur de Borinquen, Borinquen elle-même. Et aujourd'hui, ces deux amours il fallait les séparer. Otuké ne pouvait plus défendre la terre de ses pères, lui qui se donnait à la fille de ceux qui les avaient massacrés, lui qui déjà les avait trahis, lui qui aurait pu fuir, peut-être même sans l'aide de Carmen, et qui par le sacrifice de sa liberté avait renoncé à combattre les ennemis.

Toutes ces idées couraient dans l'âme de Toba, à mesure qu'il entendait les paroles de son frère. Il aurait combattu, brisé dix guerriers blancs ; mais il ne pouvait tout à coup combattre, étouffer cet amour de toute la vie et qu'il avait toujours uni à celui de son île chérie. Son cœur, rempli de pleurs, était prêt à déborder, et lorsque Otuké, épuisant tout le feu de son âme pour le fléchir, lui racontait la bonté, le dévoûment, l'amour de Carmen, le guerrier sentit une larme sur sa joue ; puis se levant tout à coup :

— Borinquen ! Borinquen ! s'écria-t-il. Que sont devenus tes guerriers! Tes fils, esclaves, seront les amis de leurs maîtres ! Ayma, qu'as-tu fait de ceux qui t'aimaient? qu'as-tu fait de ceux qui t'ont trahi?

A ces mots, il descendit en fuyant le sentier du Roc aride. Il entendit une voix qui répétait derrière lui : « Qu'as-tu fait de ceux qui t'ont trahi? » Cette voix n'arrivait pas jusqu'à lui quand elle ajoutait tristement : « Tu leur présentais toi-même le poignard! » Et plus tristement encore : « Ceux-là n'avaient pas vu Carmen!... »

Le premier des fils d'Ayma allait sans but s'enfoncer dans la forêt, comme s'il eût voulu y chercher un refuge contre la douleur, ou comme s'il eût cru qu'à son retour il trouverait son frère consolé et prêt à renoncer à son amour. Il ne serait pas obligé alors de faire comme Ayma.

Il était sur le point de pénétrer à travers les lianes et les broussailles qui fermaient l'entrée du sentier, lorsqu'il entendit un léger frémissement dans leurs feuilles. Il se jeta aussitôt derrière un bloc de roche, prit à la main le poignard qu'il avait à la ceinture et écouta. Le bruit se rapprochait de lui; mais il ne reconnaissait les pas d'aucun des animaux de la forêt. Il distingua alors une voix d'homme, puis le bruit s'approchait encore comme si on coupait devant soi et si on écartait les herbes en avançant pour passer. Il crut sa retraite découverte et s'apprêta à défendre l'entrée ; alors seulement il entendit distinctement ces paroles :

— Au Roc aride !

Il remit son poignard à sa ceinture ; il avait reconnu Boucao.

L'ami d'Otuké montra bientôt son visage déchiré par les ronces. Il avait pris à travers ce tissu inextricable de lianes et de plantes sauvages, une autre route que celle qu'avait tracée Toba pour rentrer commodément.

— Boucao a-t-il vu les blancs? dit Toba.

— Ils sont encore dans la forêt, répondit Boucao. Vois.

Et il montra sur sa poitrine deux sillons peu profonds faits par deux balles.

— Ils avaient pointé devant moi, ajouta-t-il en souriant.

— Ont-ils suivi tes traces?

— Un seul m'a poursuivi longtemps. J'ai fui à l'abri des arbres, et il a perdu mes pas à quelque distance du Roc aride. J'ai veillé avant de pénétrer ici, et je n'ai rien aperçu.

— Ton sang a coulé sur la terre, fit Toba.

— Je n'ai rien aperçu, répéta l'ami d'Otuké. Je reviens de leur camp; j'ai vu Carmen, la fille du cacique blanc.

— Carmen! reprit Toba douloureusement. Pourquoi?

— Elle viendra vivre avec les Indiens.

Un éclair de joie brilla dans les yeux du guerrier.

Boucao, en quittant dans la nuit ses deux amis, s'était en effet dirigé vers le campement de Guanahivo. Il risquait encore sa vie pour voir Carmen, lui dire la douleur d'Otuké, et la ramener à son ami. Il n'hésita pas devant la difficulté de pénétrer jusqu'à elle. Il avait un moyen d'y arriver :

Pendant sa captivité, les Espagnols avaient

pris une jeune Indienne avec son enfant.
Carmen, compâtissante pour la fille de Borinquen, avait soigné son fils dans une maladie
avec l'affection d'une mère, mais sans pouvoir
le sauver. Depuis lors, la prisonnière, pour
laquelle elle avait obtenu la liberté, n'avait plus
voulu la quitter et s'était attachée à elle, comme
pour lui rendre par son dévoûment tout l'amour
qu'elle avait prodigué à son enfant. Cette
pauvre Indienne connaissait la bonté de celle
qu'elle servait comme une maîtresse et comme
une amie, et l'aidait avec un zèle infatigable
à secourir les siens. Aussi les prisonniers
l'avaient-ils employée plus d'une fois pour
obtenir quelque amélioration à leur triste sort.
Cette fois, Boucao, qui lui était bien connu,
avait attiré la jeune mère dans la forêt en
imitant les plaintes d'un jeune enfant, bien
certain qu'elle l'entendrait avant tout autre, et
là il lui avait montré la nécessité de le faire
arriver auprès de Carmen. L'Indienne le con-
duisit, sans être vu, dans la maison de Sanchez.

Il trouva la belle Espagnole dans cet abattement que laisse après lui le délire ; mais à peine lui eût-il raconté la fuite forcée d'Otuké, les efforts qu'il avait faits pour la voir pendant le combat, le désespoir où il était, les dangers qu'il courait, poursuivi par don Sanchez lui-même, que la jeune fille retrouva toutes ses forces. Plutôt que laisser mourir Otuké, elle voulait aller elle-même vivre près de lui, elle voulait courir au-devant de son père et lui révéler son amour invincible. Elle ne savait pas qu'elle lui avait déjà tout dévoilé dans son délire. Elle renvoya Boucao devant elle, et se décida à courir jusqu'au Roc aride, guidée par l'Indienne.

Ce récit, Boucao le fit rapidement à Toba. Le guerrier ne put contenir son émotion, et serrant son ami dans ses bras :

— Boucao, lui disait-il, est le sauveur d'Otuké.

— Boucao est son ami, répondit l'autre simplement.

Tous deux remontèrent vers le sommet de la montague, le cœur plein de joie. Ils entendirent alors un chant triste, dont ils ne distinguaient pas les paroles; mais en se rapprochant, ces mots arrivèrent jusqu'à eux :

« Ayma, ton fils est mort en guerrier ! Son cœur et sa main n'ont pas tremblé. »

Le dernier mot était à peine prononcé, que les deux Indiens se trouvèrent à l'entrée de la grotte d'où sortait la voix d'Otuké. Le jeune cacique tenait encore de la main droite une flèche qui lui traversait la poitrine. Il jeta un regard sur Toba, lui tendit la main et tomba dans ses bras, qui déjà l'enlaçaient pour le soutenir. Un mot lui échappa encore : Carmen !

Boucao était près de son ami et pleurait.

— Otuké, lui criait Toba, frère, réveille-toi !

Puis, sentant sa tête tomber inerte et s'appuyer sur lui :

— Les morts, ajouta-t-il avec une douleur féroce, ne se réveillent qu'au pays libre des esprits !

Il assit le corps près de l'image du Cemi, et entonna un chant désordonné, tantôt avec des cris de fureur, tantôt d'une voix mélancolique remplie de plaintes :

« La mort est la joie de l'ennemi.

» Les blancs ont foulé les terres de Borinquen.

» Du sang! du sang! Ils ont taché l'eau de la source et les arbres de la forêt; ils ont taché l'herbe des prés.

» Les animaux dévorants ont chassé de la plaine les peuples paisibles.

» Le torrent mugissant a tout dévasté!

» Otuké, ton cœur était une fleur!

» J'ai vu la fleur qui se desséchait à l'ombre se pencher altérée vers le torrent. Le torrent l'a emportée en roulant ses eaux.

» Ayma, ils ont ravagé ta hutte de cacique!

» Borinquen, tes guerriers tombent comme les feuilles.

» J'ai vu tes fils plus nombreux que les

branches de la forêt et que les plumes des oiseaux.

» Les plumes des oiseaux volent au vent.

» La terre est couverte de morts.

» Les blancs envahissent la montagne.

» Les branches de la forêt desséchée sont rouges de feu ! »

En disant ces derniers mots, d'un geste animé, terrible, il montrait le bois comme s'il l'eût vu dévoré par les flammes. Boucao le regarda, vit comme un reflet rouge dans ses yeux, dans toute la grotte, et sortit épouvanté.

Son étonnement augmenta encore lorsqu'il se trouva sur la plate-forme. Le spectacle qui s'offrit à sa vue lui fit croire que Toba était possédé de quelque esprit qui montrait les choses à ses yeux là même où ils ne se portaient pas.

Autour du bouquet d'arbres qui fermait l'entrée du sentier, il vit se lever de trois points différents une fumée épaisse comme celle d'un feu qui s'allume. Toba apparaissait en ce moment au dehors de la grotte. Boucao ne fit que lui lancer un regard.

— Encore les blancs, dit le guerrier. Ils sont là !

Et il portait sa vue successivement sur les trois foyers qui se formaient, et dont la fumée marchait peu à peu de l'un à l'autre en faisant un cercle. Toba semblait chercher un moyen d'échapper; mais il n'y avait qu'une issue, celle que venaient fermer les Espagnols. Il parcourait la plate-forme comme un tigre forcé dans sa tanière; d'un côté, il ne voyait que des précipices sans fond, d'immenses escarpements; d'un autre, la mer, sur laquelle il se penchait de temps en temps. Mais là, Boucao pourrait-il le suivre pour gagner au loin le rivage; et pouvait-il laisser l'ami d'Otuké devenir la proie de l'ennemi? Devant lui était le feu qui gagnait.

— Nous pouvons traverser encore, dit Boucao.

— L'image du Cemi, les ossements d'Ayma, le corps d'Otuké sont là, reprit Toba. Qui les défendra ?

— La mer ou le feu.

— La mer, répéta-t-il.

A l'instant, les deux amis prirent le corps du jeune cacique, le couvrirent de feuilles sèches de bananiers, répandues dans la grotte, déposèrent entre ses mains les ossements d'Ayma et l'image du dieu, puis le prenant dans leurs bras, ils disaient en le livrant à la mer :

« Va ! fils du cacique, porte ton père et ton dieu dans les eaux profondes, plus hospitalières que la terre. Elles vous donneront un tombeau, et les esprits viendront vous prendre dans la nuit ! »

Le corps d'Otuké disparut dans les flots. Toba ne voulut laisser rien dans la grotte ; les anciennes armes de ses guerriers et celles qu'ils avaient enlevées aux ennemis, tout était là. Ces témoins de ses victoires, il les jeta à la mer sur le corps de son frère. Une hache pour lui, une pour Boucao et quelques flèches, ce fut tout ce qu'il voulut conserver pour passer à travers les Espagnols.

Cependant le feu avançait. Lorsqu'ils voulurent descendre vers la forêt, le cercle était formé, complet, et les flammes marchaient vers les broussailles, qui allaient bientôt être consumées et livrer un libre passage à l'ennemi. Toba n'hésita pas.

— Viens, cria-t-il, que les plantes sèches tombent sous ta hache.

Boucao le suivit aveuglément.

En un instant, ils furent au bas du Roc aride. Là commença pour eux un travail de désespérés. Il fallait en un instant abattre les rameaux desséchés, les herbes flétries, les troncs déjà brûlés par le soleil. Tout ce qui pouvait s'enflammer aussitôt qu'on en approcherait une étincelle, ils devaient le jeter à bas et le disputer au feu qui venait le prendre. Les deux Indiens frappaient les troncs, brisaient les branches, rasaient la terre. Les flammes, qui s'enroulaient comme des serpents autour des arbres encore verts et léchaient les

tiges auxquelles elles ne pouvaient mordre pour
les dévorer, montaient en tourbillonnant jusqu'au faîte et embrasaient les feuilles, qui
tombaient enflammées, comme une pluie de feu.
Toba et Boucao à son exemple, mais sans
s'expliquer ce que voulait le fils d'Ayma, travaillaient, avançaient, fous, aveugles, insen-
sibles sous cette pluie. Ce qu'ils abattaient, ils
s'en emparaient et le portaient ou le traînaient
dans le chemin creux du Roc aride. En quelques instants ils firent un espace vide entre la
montagne et le feu, et des débris d'écorce, des
branches, des feuilles, des lianes desséchées
remplirent le sentier, au haut duquel les deux
Indiens roulèrent une grosse pierre rocheuse
pour en fermer l'entrée sur la plate-forme.
Des feuilles qui restaient encore dans la grotte,
Toba fit un seul tas qu'il attacha avec des
lianes en mettant une pierre au centre, de sorte
qu'il ne pût être emporté par le vent et dévié
de sa direction quand il voudrait le lancer sur
quelque point. Des tisons enflammés étaient là
prêts à l'allumer.

Alors seulement les Indiens se reposèrent,
regardant tranquillement le feu s'arrêter là où

ils lui avaient posé une limite. Pourtant quelques arbres brûlaient encore et jetaient les flammes par l'extrémité de leurs branches, comme par autant de flambeaux qui illuminaient cette fête. Toba l'avait dit : les blancs étaient là.

Suivant les traces du sang qui s'était écoulé des blessures de Boucao, un soldat avait découvert sa retraite et l'avait vu s'enfoncer parmi les broussailles. Mais les Espagnols craignant quelque embûche, ne voulurent pas pénétrer dans un endroit qui leur était inconnu, et préférèrent prendre les Indiens en les enfermant dans un cercle de feu qui, s'il n'arrivait pas jusqu'à eux, servirait au moins à les démasquer entièrement une fois éteint. Ainsi arriva-t-il. Les flammes s'éteignirent, et le Roc aride se fit voir à eux, mais nu et muet; aucun Indien ne s'y montrait. On ne voyait qu'un peu de fumée qui s'élevait vers le ciel au plus haut du pic. Ils résolurent de le gravir.

En partant du camp, les blancs s'étaient divisés en deux colonnes. Don Sanchez errait encore dans la forêt à la tête de la sienne. C'était un de ses lieutenants qui, avec ses soldats, allait escalader la montagne. Ils passèrent à la course sur les cendres chaudes qu'avait laissées l'incendie, et arrivèrent au sentier. Là, ils furent un instant indécis croyant voir un précipice sous le tas de plantes sèches qui l'encombraient. Un d'eux s'élança en avant; tous suivirent. Ils se trouvèrent bientôt engagés dans le chemin tortueux, bordé de rochers impraticables, et que, comme nous l'avons dit, dominait dans tout son trajet la plate-forme. Mettre le feu aux feuilles qu'il avait entassées près de lui, les lancer d'une main sûre au bas du sentier sur les derrières de l'ennemi, et apparaître en haut sur la pierre qui en fermait l'entrée, brandissant sa hache et le défiant, ce fut pour le fils d'Ayma le travail du temps que met l'éclair à briller.

— Toba est le grand guerrier!..... s'écria Boucao, voyant alors toute sa pensée et plein d'admiration. Et il jeta un tison enflammé derrière la pierre, du côté des blancs.

A la vue de l'Indien, tous les Espagnols avaient déchargé leurs armes sur lui; mais il était déjà blotti derrière son bloc de rocher pour reparaître un instant après et toujours, soutenu par son ami, leur lançant des traits meurtriers.

— Allez, criait-il, flèches silencieuses, messagères de mort, déchirez l'air et frappez l'ennemi !

Les blancs ne reculèrent pas. Ce sauvage qui se posait là comme un obstacle infranchissable en leur fermant la retraite par le feu, ne les effrayait pas ; ils continuèrent d'avancer essuyant bravement ses coups.

Pourtant l'incendie se déclarait, les suivait. Ils pressèrent leur marche, et déjà ils arrivaient au but, lorsqu'ils virent un tourbillon de fumée, puis de flammes s'élever aussi devant eux. L'épouvante parcourut leurs rangs. Leur chef seul, le premier, s'avança ; il tomba aux pieds de l'Indien. Le second recula devant l'incendie et devant cet homme qu'on ne voyait déjà plus qu'à travers un nuage rouge. Un instant les soldats effarés se serrèrent les uns contre les autres ; ils voyaient le feu venir devant eux, derrière eux ; puis, comme il arrive, les flammes, en se rapprochant, se précipitèrent tout à coup l'une contre l'autre et les enveloppèrent. Alors ce fut un spectacle horrible.

Un immense serpent de feu se tordait sur les flancs sinueux du Roc aride, et dans les flammes, des ombres qui s'agitaient, couraient éperdues, désespérées. Des cris affreux retentissaient. On jetait les armes qui, d'elles-mêmes, prenaient feu, éclataient. Les uns s'accrochaient de leurs ongles aux rochers glissants qui bordaient ce terrible chemin, les autres fuyaient cherchant une issue, se heurtant aux pierres, se poussant, se tordant; ceux-ci s'affaissaient brûlés, asphyxiés; ceux-là sortaient en courant vers la forêt pour tomber à quelques pas, morts. Un d'eux franchit d'un bond le bloc de pierre qui fermait le sentier, traversa tout embrasé la plate-forme, et alla plonger dans la mer. Toba était là, silencieux, debout sur sa pierre, appuyé sur sa hache. Il regardait; Boucao l'admirait. Les flammes rouges se réflétaient sur sa peau de cuivre et lançaient des rayons autour de lui. Ce n'était plus un guerrier, un homme; c'était un génie, un dieu de désolation et de mort contemplant son œuvre, triomphant. Pas un blanc ne se sauva, et lorsque les flammes commencèrent à baisser, le redoutable guerrier de Guanahivo put compter sur les cendres les cadavres de ses ennemis. Cependant Toba, en voyant les blancs étendus sur la poussière, n'entonna pas le chant de triomphe. Il avait aperçu déjà au bas de la montagne d'autres Espagnols qui s'avançaient.

Don Sanchez, au bruit de la décharge, à la lueur de l'incendie, s'était dirigé vers le Roc aride; mais il n'arrivait qu'à la fin du carnage. En se mettant tout à coup à la poursuite des Indiens, cet homme, qui les regardait comme une caste inférieure à la sienne, et qui venait d'apprendre l'amour de sa fille pour l'un d'eux, était parti comme désespéré, voulant tirer vengeance de cet outrage à sa famille, à sa race. Cependant la passion de Carmen et l'affection sans bornes qu'il avait pour elle, tempéraient en lui cette idée de vengeance. Il ne voulait pas briser le cœur de sa fille, et, dans cette pensée, il courait derrière les Indiens, espérant sans doute reprendre son prisonnier, mais non le tuer dans le combat. Il avait appris de quelques soldats qu'Otuké était frère de ce terrible Rompe-hachas qui avait combattu contre lui, et il avait défendu aux siens de tirer sur eux. Mais à son arrivée au Roc aride, la vue des cadavres brûlés de ses soldats irrita tellement ceux qu'il conduisait, qu'il crut impossible de contenir leur fureur. Aussi, attendant à peine que le feu fût éteint, s'élança-t-il le premier dans le sentier couvert de cendres et jonché de morts.

— Vivos (1), cria-t-il aux siens, cojed los vivos !

— Si, vivos (2) ! répondirent-ils furieux, para quemarlos !

— Vivos, murmura Toba d'une voix sombre, en Espagnol.

En même temps, aidé de Boucao, il retira la masse de roche sur laquelle il était resté, et, tenant sa hache, se posta là, attendant l'ennemi, comme s'il eût dû être plus inébranlable que la pierre. Son compagnon était près de lui, armé aussi, prêt à le remplacer ; car

(1) Vivants, prenez-les vivants.
(2) Oui, vivants ! pour les brûler.

ils ne pouvaient combattre à la fois. De leur côté, les Espagnols ne pouvaient monter qu'un à un. Ils arrivaient. Toba vit Sanchez, et il sentit la douleur de la bête fauve piquée d'une flèche. Le souvenir d'Otuké passa dans son âme. Sa rage revint implacable. Aussitôt il lança sa hache sur le soldat qui suivait Sanchez, l'abattit, et séparant ainsi un instant le chef de ses compagnons, avant qu'il eût pu se garder, se jeta sur lui, le saisit, l'enleva et l'emporta sur la plate-forme. Boucao avait déjà pris sa place et tenait les blancs en échec. Le chef espagnol, étreint dans des bras d'acier, respirait à peine.

— Otuké! ce fut le premier mot qu'il prononça.

— Otuké? dit Toba en le traînant au bord du précipice; il est là, sous l'eau. Toi, ajouta-t-il avec une ironie féroce, cacique blanc, toi qui es immortel, tu vas le rejoindre.

Et déjà il le soulevait pour le précipiter au fond des eaux. Les Espagnols virent le mouvement; il se fit au même instant une décharge générale. Ne pouvant tirer sur Toba dans la crainte de frapper leur commandant, qu'il

3.

tenait étroitement enlacé dans ses bras, toutes leurs balles furent dirigées contre celui qui leur fermait le passage, et allèrent cribler sa poitrine. Toba, tenant sa victime qui se débattait en vain, tourna sa tête. Son compagnon, le jeune guerrier, par un effort héroïque, sublime, se tint encore un instant debout, puis tomba en avant, essayant de soulever sa hache qui échappa de sa main et étendant les bras, comme pour arrêter encore l'ennemi. Il se vit perdu. Alors on entendit une voix de femme qui criait éplorée, haletante :

— Arrêtez! attendez!

— Ma fille! murmura Sanchez.

Mais déjà l'Indien, le serrant contre sa poitrine, s'était lancé dans le gouffre sans fond.

Carmen arriva sur les bords du précipice en même temps que les soldats, au milieu desquels elle était passée. Penchée sur l'abîme, elle vit, comme à travers un nuage, deux hommes sous les pieds desquels les flots s'entr'ouvraient pour se refermer sur leurs têtes. Elle était tremblante, pâle comme l'agonie, au milieu des compagnons de don Sanchez. De ces deux hommes que les flots engloutissaient, l'un avait dans le regard un souvenir de son amant; l'autre, elle crut le reconnaître, c'était son père. Tous deux disparaissaient à jamais ensemble. C'était un rêve, elle n'y croyait pas. Elle passait sa main sur ses yeux, comme si elle eût regardé dans l'obscurité; puis, fixant sa vue :

— Lui? s'écriait-elle; est-ce lui? Il a tué Otuké, Otuké l'a tué, et moi.....

En ce moment on vit un homme reparaître sur l'eau, mais avec des gestes de désespoir, voulant crier sans le pouvoir, dans les angoisses de la mort, et il disparut de nouveau.

— Moi..... tous deux! ajouta-t-elle avec un cri d'horreur. Mon père! Otuké!

Alors, comme voyant tout à coup la lumière :

— Oui..... dit-elle. Attends-moi.

Deux soldats arrêtèrent son élan et la retinrent près de se jeter dans l'abîme. Elle tomba entre leurs bras, inerte, comme une morte.

Quelques Espagnols tenaient encore leurs armes abaissées, prêtes à faire feu aussitôt que l'Indien reparaîtrait à la surface de l'eau. Un instant après, ils virent loin de portée un homme qui fendait vigoureusement les flots.

Il atteignit le rivage, et regardant le Roc aride, il gonfla sa poitrine comme pour reprendre haleine, puis s'enfonça vers l'intérieur des terres. Ils reprirent la route de leur camp, portant dans leurs bras la fille de don Sanchez.

Quelques jours après leur malheureuse expédition du Roc aride, les Espagnols abandonnaient leur camp de Guanahivo, décimés par les maladies et traqués par des troupes d'Indiens. Ils allaient rejoindre un autre chef qui attaquait alors le cacique de Mayagoëz. On ne voyait parmi eux aucune femme.

Les Indiens ne reconstruirent jamais leurs huttes au village détruit; ils restèrent errants dans la forêt. Là, ils rencontraient souvent une jeune fille blanche. Ils disaient qu'elle avait été visitée par les esprits, et ils la vénéraient. Elle était constamment suivie par une Indienne. Sa démarche majestueuse, son regard égaré, son costume bizarre, frappaient les habitants des forêts. Elle portait à la tête un foulard rouge, de dessous lequel s'échappaient des flots épais de cheveux noirs qui tantôt volaient au vent, tantôt s'étalaient sur son grand châle blanc. Sa robe était faite de pièces de diffé-

rentes couleurs, et ses pieds délicats, déchirés
aux ronces, étaient nus. L'Indienne disait aux
siens qu'elle ne sentait plus la douleur. Elle
disait aussi que chaque soir elle allait dormir
dans la grotte du Roc aride, et que là les
esprits lui apportaient sa nourriture dans la
nuit. Chaque matin, en effet, la fille indienne
trouvait sur la plate-forme des fruits les plus
mûrs et les plus doux cueillis dans les champs
de Borinquen, ou du poisson pris sur les côtes,
ou de la chair préparée du sanglier chassé dans
les forêts. Quelquefois seulement, en veillant
près de sa maîtresse endormie, elle avait cru
voir errer sur le roc l'ombre d'un guerrier de
Guanahivo. La fille blanche était vue de tous
avec respect. Pourtant, quand on la consultait,
elle ne donnait jamais que des présages de
malheur.

— Allez, disait-elle, le courage et le désespoir seront impuissants. Borinquen sera comme
la génisse sous le joug.

Puis, se retirant sur la montagne avec celle
qui lui avait voué sa vie, elle l'amenait au bord
du roc qui dominait la mer, et, les yeux

hagards, perçant les eaux de son regard, montrant du doigt le fond :

— Ils dorment là, disait-elle. Le jour viendra. Je mettrai mon fils dans tes mains, et j'irai près d'eux.

Un soir, la fille des blancs remonta au Roc aride. Nul ne la vit depuis redescendre. La jeune Indienne racontait que ce soir elle avait donné sa vie au fruit de son sein, et qu'elle cessait de respirer quand l'ombre du grand guerrier apparut dans la grotte. Cette ombre accomplit le vœu de la jeune fille; puis, emportant l'enfant vagissant dans ses bras, elle disait :

— Celui-ci vivra dans les forêts; il sera de la race d'Ayma, fils de Borinquen !

A BORINQUEN.

—

La nuit était majestueuse,
Le ciel éclatant de beauté,
Et sur la mer silencieuse
Dieu veillait dans l'immensité.
On eût dit qu'il voulait de l'ombre
Tirer une œuvre de sa main,
Ou du sein de quelque décombre
Créer un nouveau genre humain.
    Cette nuit, Dieu prit une étoile
Et, contemplant les flots amers,
Comme une nacelle sans voile
Il la déposa sur les mers.
Puis dit, la dirigeant sur l'onde :
« Là-bas est un lointain pays,
« Encore inconnu du vieux monde,
« Va! tu seras son paradis.
« Tu t'arrêteras sur la rive
« Où croissent les larges forêts ;
« J'épancherai sur toi l'eau vive,
« L'urne pure de mes secrets.

« Tu verras l'homme et son enfance.
« Tes fils pour moi brûlant d'amour,
« Se courberont sous ma puissance
« Pour adorer l'astre du jour.
« Mais crains que le sombre esclavage,
« Démon qui ronge l'univers,
« Ne vienne un jour souiller ta plage
« De ses pieds noirs chargés de fers. »
Il dit. — Et comme sur la toile
Qu'un peintre anime de couleurs,
Le peintre divin sur l'étoile
Répandit la vie et les fleurs.
Puis au sein de la mer profonde
Il la fixa, du haut des cieux,
Y semant de sa main féconde
Mille présents mystérieux.
Il y fit croître les collines,
Etendit au loin les vallons,
Fit jaillir les eaux des ravines
Et couronna d'arbres les monts.
Il versa partout l'abondance,
Peupla les bois d'oiseaux chanteurs,
Les forêts et la plaine immense
De troupeaux épars, sans pasteurs.
D'un souffle il anima la pierre,
Créa tout un peuple indien,
Et versant des flots de lumière,
Il regarda, puis dit : — « C'est bien. »
Cette douce île fortunée

Dont Dieu fit le nouvel Eden,
Du parfum des fleurs couronnée,
Cette île, — ce fut Borinquen.

Loin du bruit et de l'opulence,
Les peuples erraient en tous lieux,
Retrouvant partout le silence,
La paix, les bois et l'air des cieux.
Point de haine ou de caste altière,
Pour tous l'arbre donnait ses fruits;
Et sous la hutte hospitalière,
Se berçaient les rêves des nuits.

Grosse d'orage, un jour, comme s'il allait naître
De son sein mugissant quelque monstre peut-être,
La mer, écume au vent, faisant mille contours,
Se tordait au milieu de longs grondements sourds,
Et dans l'immensité de ses tournoîments sombres,
Sur des débris épars broyant de noirs décombres,
Se mit contre le ciel à hurler ses sanglots,
Et les flots se brisant au granit des îlots,
La vague se dressa sur la vague moins haute
Et vomit, en fuyant, un navire à la côte.

« Quel est ce triste voyageur
« Que parmi nous jette l'orage ?...
« Allons secourir le pêcheur
« Dont la pirogue a fait naufrage.
« Et, si le ciel reste obscurci,
« Qu'il trouve un abri dans nos plaines;

« Retirons sa pirogue aussi.....
« Sa pirogue porte des chaînes !
« Frères, d'où viennent ces guerriers?
« Fuyons ! ce ne sont point des hommes ;
« Assis sur des monstres altiers,
« Ils semblent d'horribles fantômes.
« Frères, ce sont des ennemis
« Qui chassent, armés du tonnerre ,
« C'est la mer qui les a vomis;
« Par eux, elle engloutit la terre !
« Ce sont ces messagers de mort
« Que l'on croit voir parfois en rêve,
« C'est la troupe d'esprits qui sort
« De la nuit, lorsque tout s'achève.
« N'entendez-vous pas une voix
« Qui par nos champs tristement vibre?
« Adieu, Borinquen et tes bois,
« O nid joyeux d'un peuple libre !
« Adieu nos plaines et leurs fruits,
« Adieu vallons, adieu montagnes,
« Adieu caresses de nos fils,
« Adieu doux chants de nos campagnes.
« O monts parcourus tant de fois,
« L'esclavage à la mort nous livre.
« Dès ce soir éteins-toi, ma voix !
« Sans la liberté, pourquoi vivre?

Et ce peule périt sous le fer étranger.
On ne sait s'il resta quelqu'un pour le venger.

O ma Borinquen noble et belle,
Pleure, pleure, tes fils sont morts !
Pourquoi la mer recule-t-elle
Lorsqu'elle arrive sur tes bords ?
Pourquoi sur toi l'onde amortie
En vain vient-elle se briser ?
Pourquoi ne t'a-t-elle engloutie,
Si ton peuple devait passer ?...
Mais non, tu dois être immortelle ;
On peut voir encore en tout lieu
Ecrit sur ta rive éternelle :
« Ici passa la main de Dieu. »
Je sais que n'ayant point d'entraves,
Les envahisseurs, ivres d'or,
Portèrent de nouveaux esclaves
Pour les faire périr encor ;
Que leur haine s'est accroupie
Sur ton corps meurtri, gémissant ;
Que leur bouche s'est assouvie,
Sur ton cadavre, de ton sang ;
Que triste, haletante, morte,
Le maître te voit sans remord ;
Que le fouet qu'à la main il porte
Tombe encor sur ton flanc qu'il mord ;
Que sa licence est arrivée
Au terme de l'iniquité ;
Que la chaîne à ton col rivée
Retient ton cri de liberté.
Que ton âme erre sur la rive

Et, craignant l'éternelle mort,
Regarde pour voir s'il arrive
Quelque barque, de l'autre bord ;
Mais vois, sous l'épaisse broussaille
De ce rocher aérien,
Quel est donc ce corps qui tressaille ?
Qui veille là ? — C'est l'Indien. —
Puis, plus loin, sous le bois, dans l'ombre,
Et tout écarté du chemin,
Quel est donc cet homme au front sombre ? —
C'est le noir qui lui tend la main.
Ils sont esclaves, ils sont frères,
Sous le joug réunis, tous deux,
Ont mêmes dieux, mêmes prières,
Ils font pour toi les mêmes vœux :
« Borinquen, Borinquen chérie !
« Crient-ils tous deux, humanité !
« Quand donc renaîtra la patrie ? »
Au printemps de la liberté !

FIN.

Toulouse. — Typ. Bonnal et Gibrac, r. St-Rome, 46.